LES TRIBULATIONS DE TILA

Jean-Baptiste
Mubalutila Mbizi

LES TRIBULATIONS
DE TILA

ENTRE OPPORTUNISME
ET ENGAGEMENT

Roman

Toronto
Éditions du Gref
Collection Le beau mentir nº 17
2011

Couverture : Christine Tatilon.

Préparation de la copie, composition typographique et mise en page :
    Niala Todu'Ab.
Conception graphique de la collection : Alain Baudot.
Impression et reliure : Imprimerie Gauvin, Gatineau (Québec).

**Catalogage avant publication
    de Bibliothèque et Archives Canada**

Mubalutila Mbizi, Jean-Baptiste, date
    Les tribulations de Tila : entre opportunisme et engagement :
    roman / Jean-Baptiste Mubalutila Mbizi.

(Collection Le beau mentir, ISSN 1711-0084 ; nº 17)
ISBN 978-1-897018-48-4

    I. Titre. II. Collection : Collection Le beau mentir ; nº 17

PS8626.U29T75 2011   C843'.6   C2011-906503-7

Dépôt légal : Bibliothèque et Archives Canada, 4ᵉ trimestre 2011.

*Nous remercions le Conseil des arts de l'Ontario et le Groupe de recherche
en études francophones de l'aide apportée à la publication de cet ouvrage.*

ONTARIO ARTS COUNCIL
CONSEIL DES ARTS DE L'ONTARIO

© Éditions du Gref, octobre 2011
2275, avenue Bayview
Toronto (Ontario) M4N 3M6
Canada
gref@glendon.yorku.ca • http://gref.avoslivres.ca

*À ma femme
Marie-Claire Yombo Vumbukulu,
à mes enfants Freddy, Nana,
Jimmy, Rosette, Sandrine et Rocky,
et à mes petits-enfants Marcus,
Janelle, Imani Claire et Curtis.*

I

LES DEUX AMIS de Tila sont descendus sur l'avenue Thiers et ont pris la sortie de la rue Bonnefin, puis ont dépassé les mendiants et les étalages des marchands de fleurs. Ils ont failli se faire écraser en traversant au feu vert et se sont dirigés vers la rue Janeau. L'appartement de Tila se trouvait au coin de l'une des anciennes rues presque désertes, dans un immeuble de six étages qui s'appelait Les Acacias. Tila y vivait depuis trois ans, comme étudiant, avec sa famille.

Ce matin-là, ils étaient venus lui remettre deux colis pour apporter à leurs parents à Kinshasa. Dans le couloir du quatrième étage où vivait Tila, planait une odeur de garde-manger humide provenant de poisson salé, avec des tubercules germés oubliés. Le couloir avait sur eux l'effet corrosif d'une piste de danse en papier de verre. En entendant sonner à la porte, Tila se leva. Il chercha ses lunettes à tâtons sur la table de nuit, puis se glissa hors du lit. Il enfila son peignoir en coton, ses grosses chaussettes de laine noire, et il fourra ses pieds dans ses pantoufles. Ainsi isolé du parquet, il sortit de sa chambre pour aller ouvrir la porte d'entrée.

Tila salua ses deux amis d'un signe de tête. Il les regarda d'un air soupçonneux présenter leurs colis qui contenaient des vêtements et des lettres. Il les prit sans un mot et les plaça dans ses valises.

Aussitôt ses amis partis, il revint dans la cuisine et prépara le thé. Il savait faire le thé, l'une des rares choses utiles qu'il faisait même quand son épouse Yoyo était là. Tila aimait voir sa femme faire la cuisine. Lui était incapable de cuire un œuf. Puis il se servit une deuxième tasse de thé gardée au chaud sur la cuisinière et se mit à contempler la pluie qui tombait. C'était le mois de décembre, et il faisait encore sombre. La pluie formait des filets sinueux sur les vitres et quelques feuilles marron y restaient collées comme des langues de cuir. Il n'appréciait pas ce silence dans la maison. Il y a encore un mois, l'endroit était animé quand toute sa famille était là. Un poste de télévision trônait au salon ; et il n'aurait pas été convenable de l'allumer un jour pareil et il n'y songea point. Il n'avait aucune envie d'apprendre des mauvaises nouvelles, d'être informé des derniers attentats, des nouveaux séismes, des éruptions volcaniques ou des plus récentes inondations, encore moins connaître le sinistre décompte des victimes de famines. Il continuait à regarder au dehors et soupira : « Quel temps maussade ! », c'était comme si la pluie avait décidé d'être diluvienne et le vent se déchaîner dans les arbres, le jour de son voyage. Il retourna dans sa chambre, jeta un dernier coup d'œil, puis revint au salon, sortit ses bagages et ferma la porte avant de se rendre chez la concierge de l'immeuble pour lui remettre les clés.

Lorsqu'il atteignit l'aéroport de Bordeaux-Mérignac qui, en cette période, grouillait d'activité, il avait hâte d'être de retour à Kinshasa. Il se débattait avec ses deux valises et son sac dont la bande s'obstinait à glisser de l'épaule. Il avait passé des heures sur la liste d'attente. Tila avait eu la chance de trouver une place en classe économique. Il avait enregistré deux valises de taille moyenne, et le sac était posé à ses pieds. Après avoir accompli toutes les formalités pour le voyage, il eut l'air ravi. Il était content à l'idée de retrouver bientôt sa famille à Kinshasa. Il entra dans la carlingue de l'Airbus qui était bondé comme sur tous les avions en cette fin d'année. Il se sentait exténué. Il était fatigué. Il avait à peine dormi dans le lit du fait de la visite de ses camarades qui étaient partis tard dans la nuit. Il appuya sa tête sur le dossier, mais il était trop à l'étroit pour dormir, et trop soucieux pour se détendre vraiment. Il était parfaitement calé dans le siège. Il pianotait nerveusement sur ses accoudoirs en fredonnant silencieusement des mélodies, mais quand il s'en rendit compte, il déplaça ses mains et les mit sur ses genoux. Il repensa encore à sa femme Yoyo et à son fils Fed. Quelque temps après, l'avion s'éleva en vrombissant de l'aéroport de Bordeaux-Mérignac vers Nice.

À travers le brouhaha général, il entendit des bribes de conversation et prêta l'oreille. Deux jeunes hommes assis de l'autre côté du passage central parlaient assez fort en lingala, la langue de Kinshasa. Tila regarda discrètement de leur côté et reconnut ses deux anciens camarades de l'époque où il étudiait au lycée. Cela faisait à peu près quinze ans qu'il les avait vus pour la dernière fois. L'un avait un visage agréable et portait des cheveux courts, l'autre, encore mince, avait le visage ressemblant à un crible.

À l'aéroport Nice - Côte d'Azur, dans un restaurant, les deux jeunes gens étaient assis dans le coin à une table rouge en formica à paillettes dorées, avec des pieds et des bords en aluminium. Ils avaient déjà commandé une bouteille de limonade et une d'eau minérale. Il alla saluer ses deux anciens camarades de classe et leur offrit à chacun d'eux son sourire.

– Quoi de neuf, Tila ? dit l'un d'eux en entamant la conversation. Eh bien, voilà en tout cas une journée bien commencée. Je suis sûr que c'est un bon départ. Vous voyagez souvent sur cette ligne ?

– Que voulez-vous que je dise ? Que j'ai suffisamment d'argent pour me permettre de voyager constamment ?

Tila avait en quelque sorte oublié la réalité de la vie quotidienne. Ainsi allait le monde depuis l'Empire égyptien et même avant.

Tila se sentait fier de lui-même, il paraissait serein. Il savait qu'il avait fait un bon choix. Il parlait avec assurance de son séjour en France, de ses études et surtout de son diplôme de doctorat qu'il venait d'obtenir avec mention. Il aimait se faire écouter. En tout cas, il y avait dans ses yeux une expression de bonheur.

Ses camarades feignaient d'admirer ses petits gestes des mains. Cependant, en croisant par hasard le regard de l'un d'entre eux, Tila comprit vite qu'il y avait comme une sorte de moquerie de leur part. Un des camarades faisait de façon ostentatoire la fine bouche. C'est comme si ses lèvres formaient silencieusement les mots : grand intellectuel.

Coupant court aux propos de Tila, les deux jeunes gens parlèrent à leur tour de leurs activités commerciales dans le secteur de l'or et du diamant. En somme, ils travaillaient pour le compte de Tshisau, quelqu'un de très connu à Kinshasa. Ses affaires prospéraient du fait de ses rapports avec les barons du régime. Il était craint et respecté par ses employés.

Une vague tristesse, une compassion inhabituelle submergèrent Tila. Il avait du mal à comprendre. Des pensées fragmentaires se bousculaient dans sa tête, comme des écharpes de nuages.

Il resta un moment silencieux, scrutant le regard perçant de ses camarades. Il savait maintenant qu'au pays, ce serait une nouvelle bataille et il risquait fort d'y prendre plaisir. Cette fois, il se battrait pour les valeurs morales. Peu à peu, il sut exactement ce qu'il allait faire une fois qu'il poserait le pied sur le sol de Kinshasa.

Comme les deux interlocuteurs venaient de se taire, Tila en profita pour exprimer son opinion sur ce sujet.

– Je ne puis m'empêcher d'entendre, dit-il. Vous avez raison : les investissements dans l'or et le diamant sont excellents. On vit à l'ère de l'argent. Mais de là à dire que nous devons tous essayer de faire nos pas dans ce genre de commerce, il y a une marge tout de même.

Les yeux noirs d'un de ses anciens camarades fixaient le costume de Tila et il dit exactement ceci quand la discussion devint très animée :

– Je suis content que vous soyez de notre avis.

Les deux jeunes hommes savaient ce que Tila voulait dire et admirèrent ses bonnes manières et son éducation. Avec son doctorat, Tila serait appelé à intégrer la société des savants au Congo. Cela va sans dire. Il en avait les caractéristiques ainsi que le cœur. Il avait une agréable manière de s'exprimer, pleine d'enthousiasme, et il les encourageait à continuer à lui poser des questions.

Après cette conversation, les trois hommes se séparè-rent en se donnant des poignées de main amicales. Ses camarades attendant un avion pour Madrid, Tila décida d'aller se promener dans les environs de l'aéroport Nice - Côte d'Azur. L'avion en partance pour Kinshasa était prévu pour onze heures du soir. Il en profita pour aller visiter la ville de Nice dont ses aînés à Kinshasa vantaient le charme à l'époque où il était au lycée.

En marchant allègrement sur les trottoirs, Tila admi-rait les immeubles et les avenues. Il regardait les affiches publicitaires des compagnies aériennes offrant des voyages à New York, à Rio de Janeiro et au Japon. Il s'arrêtait quelquefois devant les vitrines des grands bijou-tiers, même si ces choses restaient hors de sa portée. Il marcha encore, contourna le pâté de maisons et émergea sur une vaste avenue où se dressaient des demeures plus grandes et plus éloignées les unes des autres. Des Peugeot, des Renault, des Mercedes et des Jaguar étaient garées devant d'impressionnants portails. Les pelouses impec-cables étaient aussi vertes que des tables de billard malgré la saison. Tila s'imaginait à l'aise sur un cheval.

Le ciel était clair et la journée s'annonçait splendide en ce mois de décembre. En marchant, il pensa que ce temps lui aurait paru merveilleux comme un prélude des retrou-vailles avec sa famille à Kinshasa. Personne ne peut ima-giner réellement le sens de cette joie s'il n'a pas été privé de ses proches. S'il y avait eu un feu de joie, il aurait dansé autour, en frappant un tambourin s'il en avait trouvé un.

Oui, c'était un cliché, mais tellement vrai ! On l'avait dit des millions de fois, cela restait vrai. Rempli de joie, il se mit à siffler tout haut en claquant les doigts. L'air était limpide et la température presque douce pour cette période de l'année. Il voyait aussi çà et là des maisons à toit rouge ou à tuiles brunes. C'étaient de belles demeures. Il avait du mal à contenir son enthousiasme. Il remontait les avenues d'un bon pas en pensant qu'un jour il aimerait avoir beaucoup d'argent pour pouvoir en dépenser dans le tourisme.

Il se rappela aussi ce que son père disait à propos des études. Il n'avait rien oublié du temps où son père l'encourageait lui et ses autres frères et sœurs à aller le plus loin possible dans les études. Pour son père, les études permettaient de gagner de l'argent. Il affirmait sans cesse que l'école ne ment pas. Quand ils étaient tout petits, il arrivait que leur père leur montre des photos dans les magazines où ils apercevaient les Blancs dans toute leur splendeur.

Au fur et à mesure que Tila grandissait, il était de plus en plus convaincu que le travail intellectuel était l'unique levier pour accéder au bien-être, pour échapper à la misère. Il savait qu'une fois l'école terminée, il serait protégé, éloigné des soucis matériels, des privations, des famines.

Déjà, au lycée, il voyait que les personnes instruites menaient une vie décente. Tila avait fait ce qu'on attendait de lui, croyait-il, ramenant les diplômes à la maison. Mais la conversation de tout à l'heure dans un restaurant de l'aéroport de Nice - Côte d'Azur commençait à monter dans sa tête comme de la moutarde. Il se disait avoir fait une drôle de rencontre avec ses anciens camarades de classe. Il paraissait vivre dans un monde à part, dans une sorte de rêve, avec une sensibilité intérieure qu'il ne laissait pas ou ne voulait pas laisser paraître.

Chemin faisant, il admirait les boutiques de pagnes, et songea à faire un cadeau à sa belle-mère. Il entra dans l'une d'elles et acheta un pagne de douze yards pour la somme de vingt dollars américains. Puis, il se rendit au restaurant. Il y en avait un en face de la station d'essence Total non loin de l'aéroport. Il s'appelait le Bourlingueur, avec une enseigne au néon rose en lettres des années cinquante. Tila entra et s'assit à l'une des petites tables rondes chromées près de la porte. Il posa son sac sur ses pieds. Le serveur s'approcha et lui tendit le menu portant des noms compliqués. Dans ce restaurant, il y avait plus de gens qui rentraient que des gens qui sortaient. Il s'attendait à rencontrer quelqu'un qu'il connaissait. Jusque-là, aucun des clients n'était une connaissance.

En prenant la soupe, les filaments de fromage dégoulinaient à chaque cuillerée. Il fit de son mieux pour manger décemment. Lorsqu'il finit de consommer son plat, son café arriva. Il y mit deux morceaux de sucre, puis il but lentement le contenu de sa tasse et sentit le choc de la caféine et du saccharose qui lui montait à la tête. Il était concentré maintenant, il faisait des calculs sur ce qu'il allait faire à Kinshasa. Maintenant, il savait ce qui se passait au pays. Auparavant, il l'avait toujours ignoré.

Un moment, la porte s'ouvrit et un couple entra. Il reconnut l'homme en costume sombre. Il travaillait au service d'immigration à Kinshasa. Il s'était arrêté au premier cycle de l'enseignement secondaire, mais avait plein d'affaires à présent. Il baissa légèrement les yeux, il ne voulait pas regarder en direction de ce couple. Il ne voulait pas se faire remarquer. Mais, il se concentra sur leur conversation. L'homme parlait peu mais Tila entendait des commentaires sur le transfert d'argent, des comptes en banque.

Alors il s'est levé et a descendu les sombres marches d'escalier jusqu'aux toilettes, où étaient accrochées sur les portes des affiches indiquant homme puis femme. Quand Tila remonta dans la salle du restaurant, le couple était toujours là, et une femme s'était jointe à eux. Elle avait un gros sac d'où ressortaient des pagnes wax. Ils parlaient en lingala. *Les gens transportent leur vocabulaire toute leur vie,* pensa-t-il, *comme une carapace de tortue.*

Il se demanda si cela valait la peine d'aller travailler dans un pays pareil et d'être dirigé par des gens de cet acabit. Il se mit à réfléchir, la tête dans les mains, les coudes posés sur la table blanche et froide du restaurant.

Mais sa famille l'attendait. Il ne supportait pas l'idée d'un pays ayant refusé son développement. Il a lu trop de polars pour cela, trop d'histoires sur les pays pauvres. Pour lui, le développement est une lutte permanente. C'est beaucoup plus l'affaire des intellectuels. Or une armée ne se bat pas le ventre affamé.

Il but son café jusqu'à la dernière goutte, paya la note, et se leva pour sortir. Il ne put s'empêcher au passage de jeter un coup d'œil sur ces trois personnages avant de cheminer lentement en direction de l'aéroport de Nice - Côte d'Azur. Des voitures, pleines d'inconnus roulaient vers l'aéroport, en faisant crisser leurs pneus sur la chaussée. Tila marchait.

Il savait qu'il serait salarié comme ses collègues et gagnerait durement sa vie. Il était convaincu qu'il lui faudrait savoir combien un salaire minable était minable, pour imaginer ce que représente une vie d'enseignant au pays. Ce qu'il gagnerait ne suffirait pas pour l'instant.

Mais il avait ses idées à lui. Il savait qu'il était capable de réussir. Il devait y parvenir par lui-même, et il rongeait son frein.

L'œil incrédule, il fit quelques pas vers la passerelle de l'Airbus en partance pour Kinshasa. Il contourna sa voisine puis s'assit à reculons.

La porte de l'avion claqua à la volée quelque temps après. Les mains étaient appuyées sur les accoudoirs du siège, chaque passager ayant l'air songeur et l'attitude résignée. Tila avait l'air d'appartenir à un monde qui lui était indifférent. Il jeta un coup d'œil à sa voisine de siège, une superbe jeune fille, et déploya l'un des journaux achetés avant son embarquement.

Le commandant annonça le décollage dans les trois prochaines minutes. Tila pensait à sa famille et aux amis de Kinshasa.

Sa voisine lui sourit d'un air presque timide.

— Pourquoi ne quittez-vous pas vos pieds des yeux ? lui demanda-t-elle avec un sourire respectueux.

— Je crois que j'ai une maille filée, s'exclama-t-il en riant. Et alors ?

— Oh, rien sans doute, dit la jeune fille.

— Le problème, c'est que nous ne savons pas quoi nous dire. Il n'y a pas de mal à rester silencieux, ajouta Tila.

— Non, vous avez raison, dit-elle. Êtes-vous Congolais ?

La réponse ne vint pas tout de suite. Considérant d'une manière détachée la silhouette de sa voisine, il finit par répliquer.

– Oui, comme vous le voyez.

Après un silence, il ajouta :

– Je vais à Kinshasa, mais je n'en sais rien, il n'est pas étonnant que je ne sois que de passage.

En effet, il était encore consterné par la discussion qu'il venait d'avoir avec ses compagnons de voyage dans un restaurant à l'aéroport de Nice. Ces gens-là voulaient démontrer qu'il était naïf d'avoir cru que désormais il faisait partie de la crème des élites. C'est une idée qui ne lui plaisait pas et il avait du mal à se remettre, malgré le charme de sa voisine de voyage. Pourtant, il souhaitait bavarder avec cette jeune fille, alors quoi d'autre ?

Il l'étudia à travers sa chevelure noire, épaisse, brillante, bouclée et frisée et il eut l'impression de l'avoir déjà rencontrée. Elle avait le charme juvénile des jeunes filles de Kinshasa. Il ne savait même pas son nom ni qui elle était. Quand elle avait souri, il se rappela alors qu'elle dansait dans l'orchestre Rumbana au Congo. Il l'avait déjà vue dans une vidéocassette.

Depuis une trentaine de minutes qu'ils conversaient, la jeune fille n'avait pas dit un mot sur sa profession, se contentant de le regarder, l'observant parfois très brièvement à la dérobée. Mais le moment n'était pas à se poser des questions à son sujet, du moins pas encore.

Cependant, tout en échangeant des paroles, il eut le vague sentiment que cette jeune fille représentait quelque chose de très important pour lui, quand bien même il savait que les jeunes filles parlent le plus souvent de leurs petits amis, mais restent assez vagues sur ce qu'elles entreprennent réellement. Il pensait qu'elle pouvait l'aider à trouver un poste juteux au gré des relations.

Le steward présentait un plateau portant des verres remplis de différentes boissons.

– Bière ? Jus de fruit ? Soda ?

– Un verre d'eau.

– Gazeuse ou non gazeuse ?

– Gazeuse, merci.

On lui apporta le verre. Il but lentement le liquide.

Au moment où il se leva pour se dirigea vers les toilettes, ses yeux croisèrent ceux de Watunge, un chanteur de l'orchestre Rumbana au Congo. Le visage de ce musicien était familier à Tila. Watunge était une vedette de la musique congolaise contemporaine. Tila le connaissait bien, mais Watunge faisait semblant de ne pas le reconnaître. Et pourtant, ils avaient grandi dans le même quartier à Kinshasa et avaient fréquenté la même école primaire.

Watunge était vêtu d'un costume en laine, couleur pourpre. Une chaîne en or ornait sa poitrine, retenue autour du cou par de boucles en diamants. Pour parfaire sa tenue, il portait un chapeau en peau de chameau. Ainsi accoutré, il était l'image de cette nouvelle famille d'êtres jeunes, dynamiques et riches de Kinshasa. L'argent l'avait propulsé dans un monde où l'on ne traite qu'avec les riches. Tila le savait et au retour des toilettes, il avança tout de même vers lui pour lui parler entre autres de ses projets.

Watunge tentait de dissimuler son embarras. Il éprouva une petite gêne. Son argent n'avait pas suffi à le décomplexer face à un universitaire. Malgré une conjoncture difficile, les universitaires continuent d'accéder à des postes de responsabilité dans le gouvernement ou dans les entreprises publiques. Il savait que son ancien camarade de classe pouvait par le jeu des relations devenir un patron. C'est une affaire de réseautage.

Un serein sourire flotta sur les lèvres de Watunge qui observait le regard rassurant de Tila.

– Tila. Ce nom ne te dit rien ?

– Bien sûr que si, répondit Watunge d'un ton guindé. Qu'est-ce que tu vas faire au Congo, le pays est par terre ?

Tila hésita à répondre, puis il dit :

– Je viens de terminer mes études, j'y vais travailler. C'est ça, Watunge.

– Je te félicite pour ton diplôme. Et il ajouta à voix basse : c'est horrible. Tu cours un risque.

Tila ne savait pas si Watunge allait lui donner un tuyau.

Watunge sourit. Il parlait en faisant des gestes et son bras levé faisait apparaître de jolis boutons de manchette en or. Il y avait une sorte de tendresse dans sa voix.

Une lueur de ruse passa soudain dans ses prunelles. Il ébaucha ce qui, avec beaucoup d'imagination, aurait pu passer pour un sourire, hocha lentement la tête et ajouta :

– Le développement du pays dépend de la volonté politique. Le pays a besoin des universitaires pour trouver des solutions aux problèmes complexes qui se posent à nous.

Il cherchait des arguments solides pour dire tout ce qu'il savait sur la contribution des intellectuels dans l'histoire de l'humanité.

– Absolument, tu as tout à fait raison. C'est vrai.

Comme il faisait oui de la tête, Tila lui tendit une feuille de papier et lui demanda d'écrire son numéro de téléphone.

C'est nouveau pour moi, pensa Watunge quand Tila lui dit au revoir.

Tila regagna son siège.

La jeune fille dormait à poings fermés. Il en profita pour bien l'observer. Elle avait un teint clair et des traits qui rappelaient les femmes originaires de la région côtière du Congo. Il reconnut dans cette jeune fille toute une jeunesse à ranimer. Elle avait été recrutée par Watunge pour faire partie du groupe de danseuses. Mais Watunge se soucie peu de l'avenir de ses danseuses. Il les prend pour des tickets-restaurant gratuits. Les danseuses travaillent pour lui. Il les exploite comme des vaches à lait, alors qu'il réalise d'énormes bénéfices. Ses danseuses ont l'impression d'être emprisonnées dans des filets métalliques chauffés à blanc, les brûlures entaillant finement leur corps. C'est pourquoi nombreuses sont ses danseuses qui profitent des voyages en Occident pour jeter l'éponge. Elles se diluent dans la masse et évitent les contrôles intempestifs des policiers.

Elles deviennent au détour d'un chemin des dévoreuses d'hommes mariés. Ce sont de véritables dangers publics. Ce qu'une allumeuse aime, c'est s'introduire dans la maison de sa meilleure amie, sa forteresse, son seul refuge, et en extraire le marié comme un escargot. Elle souhaite l'avoir frais et vivant empâté sur sa fourchette. Mais les femmes mariées, connaissant toutes ces astuces, prudence oblige, couvent leur mari comme des œufs qu'elles viennent de pondre !

Il fit un effort démesuré pour se prélasser sur son siège. La jeune fille, dans son sommeil, allongeait ses jambes, ce qui le mettait dans l'inconfort.

Il ouvrit son sac et sortit un roman.

Il eut droit à une réaction inattendue de la part de la jeune fille quand elle sortit de son sommeil.

— Vous lisez un roman policier. J'adore ce genre de lecture, dit-elle.

Sa voix enrouée se fit suppliante.

— Eh oui, vous voulez sans doute savoir ce qu'on dit dans ce livre, hein d'accord. Mais au fait, qui êtes-vous ?

La jeune fille tourna lentement sur elle-même.

— Je m'appelle Mamu. Eh j'ai la vague intuition que vous êtes Tila. Est-ce que je me trompe ?

— Correct, rétorqua Tila laconiquement.

Puis se penchant de côté, appuyant pensivement son menton sur une main et fronçant les sourcils légèrement, il ajouta :

— Ça me semble drôle. Comment connaissez-vous mon nom ?

Mamu soupira.

— Oui, j'ai lu le nom sur votre attaché-case quand vous l'avez sorti de votre sac de voyage.

Tila sourit, puis demanda à la jeune fille de le tutoyer.

– C'est pour que je parle plus facilement avec toi ? demanda-t-elle avec une pointe de méfiance amusée.

– Pour te mettre en confiance et aussi parce que ça n'est pas désagréable de parler un peu du Congo. D'ailleurs, si on se connaissait depuis longtemps, je pense que j'aurais eu beaucoup d'informations sur les activités autres que l'école.

Subitement, la jeune fille se mit à rire, d'un rire qui parut un peu moqueur à Tila. Puis elle demanda d'une voix à peine perceptible :

– Comment cela ?

Il demeura silencieux un moment, puis précisa :

– Je crois que j'aurai su comment les gens se débrouillent, surtout quand ils n'ont pas fait de longues études.

Cette fois, Mamu haussa les épaules, baissa les paupières et répliqua sur le même ton :

– Je peux t'assurer qu'essayer de faire autre chose que l'école, c'est assez risqué. Très peu réussissent. Moi, je fais partie d'un groupe de danseuses de l'orchestre Rumbana, mais il n'existe aucune sécurité quant à cette carrière.

Il retint un soupir. Cette jeune fille lui cachait quelque chose, ou alors il y avait dans sa vie un événement qui l'avait marquée au point de la bloquer sur certains plans. Il cherchait à savoir comment on pouvait atteindre une telle aisance avec un niveau scolaire réduit. Et pourtant, son père lui répétait souvent que l'instruction était la voie la plus sûre pour réussir dans la vie. La conversation avec cette jeune fille pouvait l'aider à comprendre les réalités congolaises.

Mamu avait travaillé d'arrache-pied pour s'acheter un appartement de trois chambres dans la commune de Bandal à Kinshasa. Elle avait sué sang et eau pour effectuer des navettes par voie terrestre entre Kinshasa et Luanda en Angola. Elle travaillait dur, mais cela en valait la peine. Mamu était de cette nouvelle génération de filles qui cherchent à se constituer une fortune, au lieu d'aller droit au mariage. Elle n'avait que vingt-cinq ans, mais elle avait de l'expérience. Elle ne se contentait pas d'être une danseuse, elle avait lancé ses propres affaires dans la vente de bijoux et elle adorait cela.

Elle faisait une description dithyrambique du commerce de la bijouterie et elle parlait sans s'arrêter.

— Les bénéfices, dit-elle, peuvent aller jusqu'à cinquante pour cent. Tu sais, c'est fantastique. Mais, je n'ai pas encore atteint le niveau où l'on brasse des centaines de milliers de dollars. Pas encore. Peut-être qu'un jour j'arriverai à évoluer dans ce monde-là, mais pour le moment, je me contente de mes activités actuelles.

Il eut un sourire qui lui était familier. Après une pause, il reprit :

— D'après ce que tu viens de me dire, il n'y a aucune illusion à se faire. C'est fini l'époque où une femme attendait tout de son mari.

— Oui, fit Mamu qui essayait de se donner une contenance en buvant un verre de jus de pomme. C'est bien ça. Les femmes ont de plus en plus d'influence dans les affaires.

Il laissa échapper un murmure dubitatif.

— Et à ton avis, pourquoi ?

– Sans doute par mesure de sécurité, dit Mamu.

Elle ne parlait pas de coutume. Elle le fixait. Elle savait ce qu'il ressentait et elle y prenait plaisir.

Il prit le temps de soupirer avant de lâcher entre ses dents serrées, non sans un brin d'humour :

– J'ai l'impression que les temps ont changé. Les femmes sont devenues très entreprenantes. Elles cherchent à s'assumer. Elles s'en tirent mieux vis-à-vis de leurs relations si elles réussissent à se faire écouter.

Il réprima un mouvement d'humeur. Lui qui était marié et père d'un enfant, il était déterminé à obtenir des conditions de bon salaire. Il savait que les enseignants travaillaient dur pour un salaire minimum.

– Si tu veux profiter des avantages de ton diplôme, reprit la jeune fille, tu ferais mieux d'exercer un métier qui te permettra de bien gagner ta vie. Moi, je n'ai pas eu le baccalauréat, mais mon train de vie est meilleur que celui de nombreux cadres congolais.

– Peut-être bien, admit-il vaguement.

– Tu peux en être sûr : au Congo, même les diplômés universitaires conduisent quelquefois des taxis clandestins. Que tu l'admettes ou non, c'est vrai de toute manière.

– C'est bien de réussir dans les affaires, mais ça ne suffit pas, s'indigna Tila. La société a toujours accordé beaucoup d'importance aux intellectuels, mais aujourd'hui, le gouvernement ne les encourage guère.

Le ton de Tila était monté de plusieurs crans à mesure qu'il parlait, fixant Mamu avec commisération. Il avait compris. Les données n'étaient plus les mêmes. Le Congo avait changé. Il avait eu tort de garder les mêmes principes.

Elle l'interrompit :

— D'accord, je te crois, tout simplement que toi et moi, nous ne sommes pas sur la même longueur d'onde. C'est ma façon de voir et non la tienne. On n'est pas obligé d'être d'accord sur tout. Mais, j'ai la chance que dans notre métier d'artiste, nous faisons la connaissance de pas mal de gens.

— De nombreuses femmes se font entretenir par les riches. Elles forcent la main. Pour certains hommes, ce ne sont que des occasions. D'autres perdent la tête...

Elle ne répondit pas à cette remarque. Tila sourit. Il décida de la considérer comme une jeune fille à part, car elle avait le courage de dire des choses qui montraient bien les aspirations de la nouvelle génération.

Tous deux se levèrent et il l'embrassa. Ce ne fut qu'une légère bise sur la joue, en quelque sorte la bise obligatoire, et ce fut tout.

Quel homme agréable, pensa-t-elle quand Tila descendait les marches de la passerelle. *Vraiment gentil.*

Tila aurait été très touché si elle lui avait exprimé ses sentiments de vive voix. Se dirigeant seule vers les services de police des frontières, Mamu versa quelques larmes. Quant à Tila, il cherchait comment se faufiler un passage dans cette marée humaine qui envahissait le tarmac.

II

Tila se tint debout au milieu de cette foule, sous un temps ensoleillé, semblable à une chape d'airain, avec un ciel aux reflets de bronze. Il regarda autour de lui, il frissonna et baissa machinalement le col de sa veste en hélant Jack, un agent de la sécurité qu'il avait reconnu. Ce dernier lui murmura à l'oreille :

– Fais que cela soit discret.

Tila avait oublié que depuis qu'il avait quitté le Congo, son pays glissait inexorablement vers des abîmes insoupçonnés. Il revenait de la France, il avait encore l'image de l'organisation. Maintenant, il lui fallait faire des efforts pour constater cette situation désastreuse. Ce qui se disait sur les agents de l'ordre, il le vivait maintenant. Tous étaient corrompus, c'était indéniable. Quand il grandissait, le Congo pouvait encore se targuer de détenir certaines valeurs. Mais maintenant, son ami Jack venait de lui apprendre la leçon en deux temps. Tila était informé quant à la manière de se comporter pour quitter l'aéroport de Ndjili sans trop d'accrocs.

Jack lui désigna le chemin à suivre. Les couloirs de l'aéroport étaient encombrés de gens qui se bousculaient sans lever les yeux. Tila se faufila ici et là et dépassa le bureau de la police des frontières. Il marcha sans relâche et se retrouva au service des bagages. Il avait besoin de rassembler ses forces.

– Je me demande si c'est toi qui dois me conduire

jusqu'à la sortie, s'inquiéta-t-il quand Jack vint enfin le rejoindre.

– Oui, répondit l'agent. Je vais au service de la sécurité voir comment on peut récupérer rapidement tes papiers.

– Pas question de me laisser seul. Je vais avec toi, il n'y a plus rien à faire ici.

Jack demeura un instant pensif et dit :

– Ça m'ennuie que tu m'accompagnes. Donne-moi quelques billets de dollars américains et tu iras m'attendre de l'autre côté de la sortie.

Tila glissa des billets de dix dollars américains dans la main de l'agent de sécurité sans le regarder. Celui-ci lui sourit et une bouffée de joie l'envahit.

Il désigna la porte de sortie tout en lui remettant un jeton, question d'éviter des ennuis avec les policiers qui étaient présents dans tous les bureaux.

Un quart d'heure plus tard, Tila se retrouvait à l'extérieur de l'aéroport avec tous ses bagages. Jack semblait être très satisfait de lui-même quand il revint avec les papiers de Tila.

– Tu préfères une voiture seul ou avec d'autres personnes ? demanda-t-il.

Tila mit un temps pour répondre. Il finit par dire :

– Oui, seul en effet.

Jack commença à rire.

– Ce n'est pas nouveau, dit-il. Beaucoup de gens après plusieurs années passées à l'étranger sont mal à l'aise à la vue de la foule qu'on observe à l'aéroport. Ils préfèrent se retrouver seuls dans une voiture jusqu'à destination.

*
* *

De son côté, Mamu avait marché jusqu'au service de la police des frontières, avec la sensation étrange d'être perdue. Elle se retrouva devant le guichet comme ivre, se cognant dans les meubles en cuir. Il y avait de la poussière à l'intérieur. Elle avait l'impression de s'être endormie. Elle franchit les portes de cuivre, comme si de rien n'était, puis se retrouva nez à nez avec des douaniers, qui attendaient d'empocher leur part, après qu'elle eut récupéré ses bagages. Son corps étouffait de chaleur. L'intérieur de sa tête ressemblait à une station de lavage de véhicules, toutes ces brosses qui tournoyaient, cette mousse de savon, la vision obscurcie. Ses pensées étaient encore trop nébuleuses. Elle sentit les larmes lui monter aux yeux. Elle savait qu'elle ne devrait plus pleurer. Elle paya son dû, se dirigea vers la sortie, disparaissant à jamais de la vie de Tila.

*
* *

Jack fit signe à un chauffeur de taxi, qui mit une minute pour arriver.

– Vous pourriez prendre mon ami, dit-il au chauffeur pour l'emmener chez lui.

– D'accord, dit le chauffeur, qui rangea les deux valises dans le coffre du taxi.

Assis sur la banquette arrière, Tila sentait des secousses à tout moment. Une seule route était fonctionnelle pour arriver dans la commune de Ndjili. En empruntant précisément cette route bosselée, le chauffeur évitait, de façon systématique, les nombreux nids de poule. Le taxi roulait lentement, parfois coincé dans des embouteillages. Un conducteur, dont on avait heurté la Peugeot, bondit de son siège et, en hurlant, se mit à taper sur le capot du véhicule qui avait éraflé le sien. Une odeur de gazole et de poussière traînait dans l'air.

Tila réfléchissait. Il détestait l'idée d'avoir à demander au chauffeur pourquoi la route menant à l'aéroport se trouvait dans cet état. Il se tut. Il comprit que la ville n'avait pas changé, comme en témoignait la dégradation avancée de la chaussée. C'était difficile de passer par là. Quand ils aperçurent, à l'entrée de la commune de Ndjili, un groupe de policiers, la voiture fit halte. Le chauffeur offrit un billet de cinq dollars américains à leur chef, qui faisait semblant de le refuser assez sèchement ; puis ils reprirent lentement la route qui était sinueuse et, par endroits, fort étroite.

Comme le taxi arrivait dans la rue où se trouvait la maison familiale de Tila, le chauffeur ralentit, puis quelques mètres plus loin, il arrêta la voiture et regarda le portail peint en gris. Il sortit de la voiture et ouvrit la portière à Tila qui n'avait toujours pas desserré les dents depuis son départ de l'aéroport.

– Oh ! Il me semble que vos parents habitent une maison superbe ! s'exclama le chauffeur.

Tila lui envoya une ombre de sourire sans répondre, passa devant lui et frappa trois coups.

Koko, son père, sortit de la maison et ouvrit le portail.

– Bonne arrivée ! s'écria-t-il.

Koko avait atteint la soixantaine, mais il paraissait

encore en forme. Il avait toute sa tête et une santé de fer. Personne ne pouvait le faire bouger de cette maison, il y avait passé pratiquement toute sa vie. Dans la vallée de la rivière Ndjili, il possédait des champs qu'il faisait travailler par trois ouvriers agricoles. Il s'y rendait régulièrement. C'était bien compliqué d'être patron. Les travailleurs volaient les fruits et les légumes sous son nez. Il posait toujours des questions quand les choses disparaissaient. En de rares occasions, il venait aux champs à la tombée de la nuit et surprenait un de ses hommes en train de négocier une affaire avec une cliente, vendeuse au marché.

Tila avait perdu sa mère Maba voici quatre ans, mais il était resté très près de son père après l'avoir quitté. Ce jour-là, celui-ci l'attendait, car il était au courant de son retour. Sa femme et leur fils étaient rentrés au pays un mois plus tôt. Ils occupaient un appartement de deux chambres dans la parcelle familiale.

Lorsque Tila entra, ses neveux regardaient la télévision dans le salon familial.

– Salut les enfants, dit Tila.

– Salut oncle, répondit un neveu.

Les autres enfants ne se retournèrent même pas ; ils changeaient de chaîne, s'arrachant tour à tour la télécommande.

Tila se débarrassa de ses chaussures trop étroites et se laissa tomber sur un divan violet, de la couleur d'une falaise du Katanga juste après le coucher du soleil, du moins selon le décorateur.

– Que regardez-vous ? demanda-t-il à ses neveux.

– Nous cherchons des émissions de dessins animés.

Si seulement ils pouvaient faire moins de bruit, pensa Tila.

À présent, les enfants avaient mis la chaîne musicale et une vedette sautillait en tortillant ses hanches. Il était inutile au père de Tila de demander à ses petits-fils de dîner avec lui, car ils avaient déjà mangé, lui avaient-ils dit, alors que c'était faux.

Un peu plus tard, sa femme arriva. Yoyo revenait du marché où elle était partie de bonne heure. Leur fils Fed n'était pas avec elle ; il se trouvait chez ses grands-parents maternels où il se plaisait beaucoup. La jeune femme était joyeuse, si heureuse de retrouver son mari après une longue absence d'un mois.

– Le marché a été bon ? demanda Tila avec un petit sourire.

– Magnifique ! répondit-elle, et se mit à rire, d'un rire qui parut un peu nerveux à son mari.

Tila se sentait chez lui, il pouvait parler maintenant en lingala.

Yoyo avait mis son plus beau tablier par-dessus son pagne. Elle posa sur la table deux assiettes garnies d'omelette, d'avocat et de salade. Elle apporta aussi de la limonade et du jus de fruit.

Tila était ravi que sa femme soit allée à l'École normale supérieure de Kinshasa. Elle avait profité de son retour au pays avant son mari, pour prendre contact avec l'administration de l'ENS de Kinshasa, car il revenait au Congo avec un nouveau statut. Elle désirait obtenir des informations concernant son dossier, mais l'administration paraissait quelque peu embarrassée quant à la situation de Tila.

Les cours ayant commencé depuis la fin du mois d'octobre, l'administration se voyait dans l'impossibilité d'octroyer des heures de cours à son mari, qui pourtant avait annoncé son retour par écrit, depuis la fin du mois de juillet. Yoyo était au courant de tout cela et avait du mal à imaginer toutes les difficultés quant à cette nouvelle situation.

– Qu'en est-il du dossier ? demanda Tila, bien qu'il connût la réponse.

Il porta une main sur son front, comme s'il avait une migraine. Il semblait si abattu, mais se retint. Il regarda son épouse et se mordit la langue.

Finalement, elle dit :

– Il y a autre chose. C'est clair comme de l'eau de roche.

– Qu'est-ce que tu penses de notre retour ? demanda-t-il.

Sa femme fit une grimace, promena un regard appréciateur dans le salon et répliqua sans se compromettre :

– Et toi ?

– J'ai l'impression que cela a été une erreur.

– Pourquoi ?

– Beaucoup de nos collègues sont restés en France. Certes, ils ne bénéficient plus de la bourse d'études, pour avoir déjà soutenu leur thèse, mais continuent à percevoir les allocations familiales. Ici, au Congo, rien.

– Tu sais très bien qu'en France, ils sont au chômage.

– Oui mais, travailler au Congo pour quel salaire ? Moi, ce que je crains le plus, c'est la situation des enfants au Congo qui ne peuvent pas bénéficier d'un enseignement de qualité. Ici, la corruption est une habitude de longue date.

Il avait fini de poser des questions. Elle avait l'impression que son mari avait compris qu'il n'existait pas de réponse, du moins pas encore.

Elle se leva et posant la main sur son épaule :

– N'aie pas l'air aussi malheureux. Tu n'as qu'à comprendre que tu as tout pour ta nouvelle carrière.

– Tu as raison.

Tila était revenu au pays pour enseigner. Ce qu'il entrevoyait en ce moment, à travers les conversations glanées par-ci par-là, c'était la chute vertigineuse du Congo.

En France, il avait tissé pas mal de relations. Il aurait pu accepter un poste d'enseignant dans un pays africain stable, mais son amour de la patrie avait prévalu. Cependant, il avait perdu de vue que, servir son pays, ne signifie pas nécessairement y travailler. Qu'à cela ne tienne, il restait ambitieux et était prêt à refaire ses calculs à la moindre déception.

En cette fin d'après-midi, quand Tila se rendit à la fenêtre de la chambre pour fermer le grand rideau, il reconnut la voix de son beau-père. Ses beaux-parents avaient pris place dans la véranda. Fed sursauta à la vue de son père et courut l'embrasser. Après les salutations d'usage, Tila ressentit une vive émotion en écoutant ses beaux-parents lui parler de la situation calamiteuse des universitaires, qui vivent d'expédients, contrairement à une certaine époque. Il se sentait à la fois effrayé et furieux. Quand son beau-père lui avait posé la question sur son éventuel retour en France, il s'était contenté de rire, et de dire que c'était encore une chose qu'il envisageait, mais que tout était affaire d'opportunité.

— C'est peut-être ce que veut Yoyo, enchaîna-t-il.

— Certainement, répliqua-t-elle. Ce que mes parents veulent savoir, c'est quand allons-nous retourner en France ?

— Peut-être m'en tirerais-je mieux par mes relations, si bien sûr, je tombais sur des oreilles attentives.

Ils riaient tous, un peu bruyamment. La bouteille de vin était à moitié vide. Tila n'avait bu que quelques gorgées mélangées avec de l'eau minérale. Son beau-père, quant à lui, se méfiait de l'alcool sous toutes ses formes.

Comme ce jour-là aucun d'eux n'avait eu envie de faire la cuisine, Yoyo se rendit quelques temps après, au coin de la rue et rapporta pour la circonstance de la viande de mouton grillée, du poisson frit, des frites et des petits pains de manioc.

— Voilà donc ce qu'on appelle des plats de chez nous, s'écria Tila.

L'arrivée de ses beaux-parents lui avait procuré un grand plaisir. Par la suite, il se rendit dans sa chambre. Il fouilla dans sa valise et en retira un costume en laine et le pagne de douze yards pour ses beaux-parents. Il avait acheté pas mal de vêtements avant de partir. Ses beaux-parents apprécièrent beaucoup ce geste. Yoyo lança à son mari un regard de reconnaissance.

Le soleil déclinait à l'horizon quand, tout d'un coup, le portail s'ouvrit. Koko, le père de Tila, apparut sur le seuil de la porte. Il était tout joyeux. Il tenait dans les mains des tubercules de manioc et des cacahuètes achetés au marché du quartier. C'était sa manière d'accueillir son fils après des années d'absence. Il prit place et la conversation alla bon train. Toute la famille vivait vraiment des moments heureux. Si seulement la soirée avait pu se prolonger jusqu'aux petites heures du matin !

Deux jours plus tard, Tila se rendit à l'ENS de Kinshasa. Il ne s'agissait pas d'un rendez-vous en tant que tel. Mais il savait que les autorités académiques s'y trouvaient. À son arrivée, il s'empressa d'aller dans le bureau de monsieur Lume, le secrétaire académique, qui fut surpris de son retour.

— Tila !

— Oui, c'est bien moi.

— Je vois que vous êtes en bonne forme.

Il but un verre d'eau et demanda :

— Quel bon vent vous amène ?

Tila étudiait son visage à mesure qu'il parlait. Pour quelqu'un qui s'y connaît un tant soit peu, il y avait un peu de gêne, car il ne savait pas comment lui octroyer des heures de cours au Département de géographie. L'entrevue dura une demi-heure, le temps pour Lume de convaincre Tila de faire autre chose que l'enseignement.

— Cela fait toujours plaisir de revoir nos enseignants partis en formation et qui reviennent avec d'éloquents diplômes, poursuivit le secrétaire académique. En ce qui vous concerne, l'important est de régler votre dossier, en attendant la prochaine année académique.

— Je ne comprends pas bien, s'étonna Tila.

— On m'a demandé de vous dire que cette année, vous alliez travailler à la bibliothèque, ajouta Lume. Vous allez régler cela avec le chef de service de la bibliothèque. Il y a beaucoup à faire là-bas.

Tila dut recevoir un choc, mais il ne le montra pas. Il demeura pendant de longues secondes dans une immobilité totale, puis demanda :

— Puis-je avoir des renseignements pour m'enquérir des éventuels changements à y apporter ?

Le secrétaire académique répondit :

— La semaine prochaine sera préférable pour parler de tout cela avec le chef de service de la bibliothèque.

Tila fit oui de la tête. Il se leva. Ses jambes vacillaient, comme s'il venait d'être retenu de justesse au bord d'un précipice. Il se dirigea vers le portail, mais se retrouva du mauvais côté, face au patio et à la fontaine. Ce n'était pas la sortie. Il était désorienté, il perdait ses repères dans l'espace, le monde visuel semblait embrouillé. Il aimait que les choses soient bien en ordre dans sa tête, mais elles étaient loin de l'être. Finalement, il se rendit dans la salle des professeurs, dans l'espoir de rencontrer quelques collègues, pour passer un peu de temps.

La salle des professeurs était située à côté de la bibliothèque. Il ouvrit une porte capitonnée donnant sur une salle de dimension moyenne. Les murs étaient recouverts de quelques planisphères. Au centre, une longue table de conférence était entourée d'une douzaine de chaises. Une dizaine d'armoires métalliques étaient placées le long des murs.

À vrai dire, Tila était venu là pour renifler un peu l'ambiance. Kali, un de ses collègues venait justement de terminer la préparation de son cours de mathématiques. Tila évita de lui poser une question qui aurait pu paraître suspecte. Mais en regardant par la fenêtre, il lui demanda tout de même si l'école recevait régulièrement des livres.

– Je n'en suis pas sûr, dit Kali en souriant.

Tila se sentit découragé, comme s'il venait d'échouer à un examen. Il avait l'impression d'être comme un vieil importun qui met son nez partout.

– C'est délicat, insista-t-il sur un ton embarrassé. On m'a affecté à la bibliothèque, et ce n'est pas ma spécialité. J'espère que le chef de service me sera d'un grand secours. Encore faut-il qu'il soit disposé à le faire.

Kali haussa les épaules tandis que Tila retirait de l'armoire métallique un mémoire de géographie, dont le titre était *L'Importance de la cartographie thématique.*

– L'urgence est de rencontrer ce chef de service pour connaître vos attributions, suggéra Kali. Mais comme il partage son temps entre la Primature et cette école, cela crée des difficultés supplémentaires.

Le dialogue était amorcé. Tila avait envie de parler à quelqu'un et Kali ne demandait qu'à partager. Au bout de quinze minutes, la conversation devint plus personnelle et chacun put exprimer son sentiment sur la vie universitaire en général, le tout entrecoupé de considérations d'ordre politique.

Tila entendit la porte s'ouvrir dans son dos alors qu'il lisait le mémoire de géographie. Madame Kapinga, la secrétaire administrative, entra avec un attaché-case qu'elle posa sur la table. Elle avait l'air aimable et ne dit rien sur le désordre des livres posés pêle-mêle sur les étagères.

Elle vint se placer à côté de Tila et après lui avoir souhaité la bienvenue, lui demanda :

– Vous êtes resté peu de temps en France ?

– J'ai fait trois ans. En partant du Congo, j'étais déjà

très avancé au niveau de la recherche. D'ailleurs, avant mon départ pour la France, je travaillais aussi au Bureau d'études d'aménagement urbain à Limete, à titre de consultant.

Pendant ce temps, Kali avait cessé de relire ses notes de cours. Il regardait à travers la fenêtre le ballet de voitures dans les rues adjacentes d'un air absent, il se comportait comme s'il n'avait pas conscience de la présence de la jeune femme qui parlait avec Tila.

Tout d'un coup, le téléphone portable de cette dernière émit une tonalité. Elle saisit l'appareil et le porta à son oreille.

– Monsieur le directeur général, c'est bien moi, la secrétaire administrative, j'arrive.

Puis, s'adressant de nouveau à Tila :

– Monsieur le professeur, il faudrait que vous ayez la complaisance de revenir un de ces jours et de nous laisser un exemplaire de votre thèse pour que nous puissions estimer les frais d'impression.

– Certainement, Madame.

– Je suis heureuse, Monsieur, d'avoir pu rencontrer un jeune docteur promis à de si belles destinées.

En entendant ces compliments, Tila fut gêné et balbutia quelques mots pour exprimer sa reconnaissance de l'intérêt que lui portait madame la secrétaire administrative.

– Eh bien, dit Kali quand elle eut quitté la salle des professeurs, je suppose que vous allez tout faire pour obtenir des informations sur le fonctionnement de la bibliothèque.

– Dans la situation présente, je n'ai pas le choix, je dois cesser de me plaindre. Certes, j'ai fréquenté des bibliothèques, mais l'administration de ce système me paraît difficile. Je me souviens avoir eu beaucoup d'amis qui s'y intéressaient, mais pour moi, c'est resté au niveau informel. Cela exige beaucoup d'efforts, d'autant plus que le chef de service est souvent parti en mission dans le cadre de ses autres fonctions.

Bati, un autre collègue qui s'apprêtait à aller poursuivre ses études de doctorat en France, venait d'entrer dans la salle des professeurs. Il s'était assis un peu plus loin et observa les deux hommes pendant toute la durée de leur conversation. Tout à coup, Kali regarda sa montre puis dit au revoir à Tila. Bati s'approchant de ce dernier, lui dit en souriant :

– Bonjour, comment allez-vous ?

– Je vais bien. Et même mieux que je ne l'espérais.

– Vous avez l'air préoccupé, que se passe-t-il ?

Tila fit un geste.

En fait, il était en train de réfléchir à sa nouvelle situation concernant son travail à la bibliothèque.

Bati savait fort bien que le Département de géographie à l'Université pédagogique de Binza était à la recherche d'un enseignant pour assurer les cours de géographie générale physique. Aussi décida-t-il d'en parler à Tila, car il avait compris la situation. Ce dernier trouva l'idée intéressante et dit à Bati qu'il allait s'y rendre, question d'établir des contacts.

De son côté, Bati se chargea de préparer le terrain. Il prit rendez-vous avec les instances concernées pour la semaine suivante. Pendant ce temps, Tila s'activa pour multiplier ses relations avec certains agents de la Fonction publique qui étaient en mesure de régler son dossier.

Une semaine plus tard, il eut l'assurance que quelque chose d'intéressant se profilait à l'Université pédagogique de Binza. Le plaisir qu'il éprouva, en imaginant pour la première fois qu'il allait enseigner à l'UPB, compensait la déception que lui causait ce travail de la bibliothèque. Le cercle s'élargissait, ses relations prenaient d'autres proportions. Il finit par se rendre en personne à l'UPB.

Le jour de son rendez-vous à l'Université pédagogique de Binza, Tila décida de se montrer bien mis en se rappelant qu'il allait rencontrer les autorités académiques. Le secrétaire général académique de l'UPB marchait de long en large dans le couloir, la mine soucieuse et l'air consterné. Il n'était pas seul. Deux enseignants se tenaient à ses côtés, bavardant tranquillement.

À l'UPB, les grèves d'étudiants sont monnaie courante. Depuis deux jours, un comité d'étudiants passait de salle en salle pour exhorter leurs camarades à suspendre l'assistance aux cours, afin d'amener la direction générale à organiser des examens en prenant en compte les notes des compositions et des travaux pratiques.

Si certains étudiants ayant payé leurs cours refusaient d'adhérer à ces revendications, d'autres, hélas les plus nombreux, appuyaient ce mouvement.

Le secrétaire général académique n'était pas soutenu par la majorité des professeurs, d'autant plus que la plupart enviaient sa place. Il avait des collègues, mais pas d'alliés. Sa nomination était intervenue au cours d'un conseil des ministres, alors qu'il n'avait jamais enseigné dans une institution universitaire. On cherchait donc à le discréditer.

Tila arriva au moment où la tension était à son comble. Ces choses ne l'étonnèrent guère. Il était attendu. Il demeura tout ému, comme si quelque grand événement allait s'accomplir. La sonnerie du téléphone interrompit le secrétaire général académique. Il décrocha sèchement, écouta quelques instants en grommelant de courtes répliques, puis remit l'appareil dans sa poche et se tourna vers Tila.

— Comment allez-vous, Tila ?

— Je vais bien, merci.

— Je vous conseille d'aller voir monsieur Kendi, le chef du Département. Si vous ne le trouvez pas dans son bureau, revenez ici. J'ai donné toutes les instructions pour les cours que vous allez dispenser. Ici, à l'Université pédagogique de Binza, les docteurs ont la priorité, contrairement à ce que vous faites à l'École normale supérieure de Kinshasa.

Tila ne put s'empêcher de sourire. Il connaissait bien ce secrétaire général académique, car il avait fait une partie de ses études, jusqu'à la maîtrise, dans la même université que lui. *Ce qui se passe en fait,* pensa-t-il, *correspond à la situation actuelle de ce pays. Tout est mis en place pour décourager les intellectuels. Le pays mène une guerre contre les universitaires. Un pays riche avec une population à 80 % pauvre, voilà ce à quoi aspire le Congo.*

Le bureau du Département de géographie était resté au même endroit. Tila monta par un vieil escalier dont les marches étaient en pierre. Quelques minutes lui avaient suffi pour arriver devant la porte du Département de géographie. Il prit place dans la salle d'attente qui était bien éclairée. Kendi devait être dans son bureau, avec quelques personnes, deux ou trois, car on entendait des voix jusqu'à l'extérieur. Au bout de trente minutes d'attente, Tila commença à sentir les limites de sa patience.

Il se résolut à frapper à la porte, interrompant une conversation dont lui parvenaient des bribes. Il entra et vit le chef du Département se tourner vers ses deux collègues en signe d'excuse. Le visage de Kendi, de ton brun, supporté par un cou mince, aurait séduit la brosse d'un grand peintre. Les trois personnes auxquelles Tila fit face étaient assises dans des fauteuils confortables autour d'une table ronde. Il ne fut pas étonné d'entendre Kendi se vanter de l'avoir introduit au Département.

– Tila, transmettez immédiatement aux étudiants cet emploi du temps. Vous pouvez commencer d'un moment à l'autre.

Tila venait ainsi de recevoir un emploi du temps chargé et se demandait si cela valait encore la peine de retourner à l'ENS de Kinshasa pour travailler à la bibliothèque.

Mais nonobstant ces responsabilités, Tila passa le plus clair de son temps à l'UPB pour se familiariser avec les innovations de la géographie générale physique, et aussi pour établir des liens avec des collègues de cet établissement.

III

IL COMMENÇAIT À PLEUVOIR sur Kinshasa. Une pluie fine et pénétrante qui n'empêcha pas Tila d'aller faire un tour à l'ENS de Kinshasa pour voir le secrétaire académique qui était au courant de ses démarches.

– Il n'y a pas de gloire à bon marché, lui dit ce dernier dès son entrée en lui serrant la main. J'envie votre pugnacité, car vous vivez au moins, vous. Vous avancez résolument dans la sphère où trônent les grandes intelligences.

Puis il lui dit d'aller parler de sa nouvelle situation à la secrétaire administrative. L'ambition donnait à Tila de nouvelles forces. Il se promettait d'atteindre la haute société, de trouver des réponses à toutes les difficultés qu'on lui causait.

Il pensait encore à l'accueil que lui avait réservé le secrétaire académique et se dirigea vers le bureau de madame Kapinga, la secrétaire administrative.

– Comment avez-vous appris ça, Madame ?, demanda-t-il en entrant. Je veux dire ma démarche à l'Université pédagogique de Binza ?

– J'ai mes antennes un peu partout ! Vous savez ce que je ferais à votre place !

Il conserva le silence, réfléchissant profondément.

– Vous savez ce que je ferais, Tila ?

– Pourquoi cherchez-vous à me donner un conseil ? Madame.

Elle poussa un soupir et poursuivit d'un ton rassurant :

– Tila, vous êtes docteur et vous avez la possibilité d'assurer des cours partout dans ce pays. Mais Tila, je suis en mesure de vous aider. Mon mari est conseiller du ministre. Il a lu votre thèse et il peut vous trouver un poste correspondant à votre niveau. Mais c'est pour la prochaine année académique. Je vous conseille d'accepter de travailler à la bibliothèque ; l'année est déjà bien entamée.

L'idée fit son chemin, et Tila répondit:

– Merci, je considère cela comme une promesse ferme.

Il prit une profonde respiration, puis soupira encore, et comprit que dans ce pays, même si tout semble aller à la dérive, le travail bien fait est toujours récompensé.

La secrétaire administrative décrocha le téléphone et forma aussitôt le numéro d'appel de monsieur Samba, son mari. Une voix douce, sans doute celle d'une secrétaire, lui répondit qu'elle allait transférer son appel. Trois minutes s'écoulèrent puis la sonnerie retentit.

– C'est toi, Kapinga, dit son mari. Alors, tu as le professeur près de toi. Dis-lui que je suis au courant de ses démarches et que nous allons régler cela la prochaine année académique. Cela ne doit pas l'empêcher d'avoir des heures supplémentaires dans d'autres institutions universitaires.

– Comme vous le voyez, l'avenir est radieux pour vous, dit-elle à Tila en raccrochant le téléphone.

Cette aimable jeune femme venait de lui procurer un peu d'espoir. Néanmoins, en attendant l'année académique suivante, il savait qu'il devait entreprendre des démarches administratives à la Fonction publique.

Il connaissait ce monsieur Samba, le mari de la secrétaire administrative, depuis l'université, mais cela faisait dix ans déjà qu'il n'avait plus eu de contacts avec lui. Le conseiller n'avait aucune fortune personnelle à la sortie de l'université. Ensuite, il avait progressivement évolué dans le monde de la finance et de l'industrie en se constituant un pécule dont personne ne connaissait la provenance réelle. À vrai dire, on ne cherchait guère à en savoir davantage. C'est à la fin de ses études universitaires qu'il s'était fait engager comme chargé d'études au ministère des Finances. Son ascension politique, il la devait à ses origines. Il appartenait en effet à une ethnie minoritaire et par conséquent avait moins de concurrents parmi les universitaires de sa région. Il était en outre propriétaire de plusieurs appartements qu'il louait à grand profit. Tila l'avait aperçu une seule fois depuis son retour au Congo, dans un bureau de la Fonction publique.

Tila quitta l'ENS de Kinshasa et s'arrêta peu avant le Grand Marché, devant une cabine téléphonique, pour appeler ses amis en France. Il obtint sans difficulté la communication avec Tsilo.

– Où es-tu Tila ?

– Je prépare encore le terrain pour mon insertion à l'ENS de Kinshasa. Je voudrais savoir si Atiki est dans les parages, dit-il.

– Il n'habite pas loin de chez moi, je peux très bien faire la commission, répondit Tsilo.

– Oui, c'est important. Demande à Atiki de m'envoyer mon rapport de soutenance de thèse. Je vais être obligé de te donner le nom du bureau en clair. Tu enregistres ?

Tila donna à Tsilo le nom ainsi que toutes les coordonnées nécessaires, puis il ajouta :

— N'oublie pas de dire à Atiki de m'envoyer aussi un courrier électronique avant la fin de la semaine. Il sait de quoi il s'agit.

— D'accord, Tila. Rien d'autre ?

Tila raccrocha le téléphone. Dix minutes après, il décrocha de nouveau et forma aussitôt un second numéro destiné à l'agence qui devait effectuer le transport de sa voiture.

— Oui, j'écoute. Qui est-ce ?

— C'est moi, Tila. Salut, Colile.

— Salut. Tout se passe comme tu veux, enchaîna son interlocuteur d'une voix rassurante. Ces voitures sont très faciles à transporter.

La voix de Tila se fit sèche.

— Quand as-tu contacté les services du port de Matadi ?

— Quoi, qu'est-ce que tu veux dire ?

— La lettre qu'ils m'ont envoyée ne précise pas la date de l'arrivée de ma voiture.

— J'ai eu des contacts là-bas récemment, se justifia Colile. Malheureusement pour l'instant, nous sommes obligés de composer avec eux et de faire comme si rien ne se passait. Seulement ils cherchent à se faire de l'argent, ou tout au moins en prendre une grosse partie, pour en faire leurs choux gras. À mon avis, ils attendent leur heure. Ils ne veulent pas que ta voiture soit comptabilisée par les services compétents. Mais il faut faire attention où on met les pieds, bien regarder autour de soi et protéger son boulot.

– D'accord. Je ferai gaffe, le rassura Tila. Qu'est-ce que tu me conseilles au cas où je rencontrerais un ancien camarade du lycée qui travaille aux services des douanes de Kinshasa ?

Colile ménagea un temps de silence comme s'il réfléchissait, puis répondit :

– À toi de voir, Tila. Sur place, tu vois mieux la situation que moi. Mais n'oublie pas que tu cherches à faire une carrière dans l'administration plus précisément à l'ENS de Kinshasa et à la moindre erreur, ils vont en profiter pour te jeter dans le filet, tu comprends. Et si quelque chose de nouveau se pointe, avertis-moi, mais surtout évite de téléphoner régulièrement auprès des services des douanes de Matadi.

– Bien sûr.

– À bientôt, Tila, fit Colile en raccrochant.

En attendant l'arrivée de sa voiture, Tila devait user de ses contacts pour que les choses aillent plus vite. Le départ de Matadi était prévu pour le mois suivant, mais en même temps, il lui fallait aussi assurer les cours à l'Université pédagogique de Binza.

Dès son arrivée dans la ville portuaire, Tila loua une chambre d'hôtel non loin des quais. Le lendemain matin, il se rendit au port un peu avant neuf heures. Il s'aperçut que les bureaux des douaniers étaient ouverts. Il avait les documents de la voiture et une lettre rédigée par le directeur des services des douanes à Kinshasa. Il attendit devant la porte, puis une voix chuchotante l'invita à entrer. Le douanier travaillait à son bureau. Il avait allumé la lampe, et son visage avait un reflet jaunâtre. C'était un homme massif, qui contemplait avec délectation un document dont l'écriture soignée évoquait un travail minutieux de fourmi. Quoi qu'il en soit, la lettre rédigée par le directeur de service des douanes à Kinshasa fit son effet. Mais Tila devait compter aussi avec les papiers certifiant son retour définitif au pays.

Le directeur du service de la douane à Matadi était un homme d'une quarantaine d'années à l'allure distinguée et au visage sérieux. Ses yeux noirs sans cesse en mouvement, derrière des lunettes cerclées d'or, reflétaient de profondes pensées et, lorsqu'il donna l'ordre à ses collaborateurs de s'occuper du dossier de Tila, le tout s'organisa en une seule matinée. Tila put repartir à Kinshasa le lendemain matin. Sa voiture arriva à la douane de Kinshasa un mois plus tard ; il la gara dans la parcelle familiale. Il n'avait rien eu à débourser. Tout avait été réglé à Matadi et c'était d'ailleurs normal, compte tenu de son retour définitif au pays. Le grand problème qui restait donc pour Tila était son intégration à la Fonction publique.

La semaine suivante, il se trouvait dans la salle d'attente de la Fonction publique quand le chef du personnel entra nerveusement dans le bureau du directeur des ressources humaines, les yeux rougis et de la cendre de cigarette sur le col de sa chemise. Il tenait à la main les dossiers de deux nouveaux docteurs qui avaient soutenu leur thèse en France. S'asseyant devant le bureau du directeur, il posa les deux classeurs dont il sortit une lettre qu'il tint devant ses yeux en commentant :

– Si l'on peut faire quelque chose de rapide, d'autant plus qu'ils n'ont pas encore leur salaire...

Tila suivait depuis la porte vitrée toutes les manœuvres. Il y avait dans les classeurs une transmission qui semblait intéressante. Il s'agissait des dossiers de deux docteurs, un en géographie et un autre en lettres modernes. Ils étaient parmi les premiers Congolais à atteindre ce niveau.

Le directeur tendit la main pour prendre ces dossiers, les lut attentivement, puis se passa la main sur le menton en disant :

– Pourquoi ne m'avez-vous pas parlé de ça plus tôt ? Ça date de plus de quatre mois. C'est la responsabilité du bureau de traitement de salaires, il y a des agents qui sont là pour faire ce travail.

Il téléphona immédiatement à Kandolo, le chef du personnel du rectorat, pour lui annoncer entre autres choses que le dossier de Tila était en cours de traitement. À son tour, Kandolo téléphona à madame Kapinga, la secrétaire administrative de l'ENS de Kinshasa. À mesure qu'elle écoutait, son front se détendait et elle émit quelques murmures d'approbation et demanda des précisions. Puis elle appela son assistante et lui relata brièvement ce qu'elle venait d'apprendre et conclut :

– Pour une fois, les choses vont aller vite dans ce pays.

Le lendemain matin, Tila se rendit à l'ENS de Kinshasa. Il alla directement dans la bibliothèque pour essayer d'organiser le bureau avec le bibliothécaire qui travaillait là depuis trois ans. Il aperçut par la fenêtre la secrétaire administrative qui garait sa voiture. Elle fit un geste de la main en interpellant Tila :

– J'ai quelque chose pour vous.

Tila tourna vers elle un visage soudain radieux :

– Vous n'avez rien entendu ? demanda-t-elle.

– Je ne sais pas exactement...

– Venez dans mon bureau, tout de suite.

Dix minutes après, Tila était dans le bureau de la secrétaire administrative et reçut des informations précises concernant l'avancement de son dossier. Depuis son retour, il travaillait sans percevoir de salaire. Malgré cette situation désastreuse, il tenait fermement à faire carrière dans l'enseignement supérieur et universitaire de son pays.

En attendant son premier salaire, Tila devait subvenir à ses besoins. Il assurait une dizaine d'heures à l'UPB, et s'évertuait à trouver d'autres ressources financières. Il cherchait à donner des cours au lycée de Ndjili, qui était à environ un kilomètre de son lieu d'habitation. Tout se déroula alors très vite, avant même qu'il ne se décide vraiment.

En effet, Tila avait la cote depuis son retour de France. Quelques élèves des terminales du lycée de Ndjili et d'autres établissements scolaires, s'étaient rendus parfois chez lui pour lui soumettre quelques épreuves de philosophie, de français, d'histoire et de géographie du baccalauréat des années antérieures. Il les avait aidés quand il disposait du temps, sans toutefois exiger une contrepartie.

Au lycée de Ndjili, les élèves des terminales, pour la plupart redoublants, éprouvaient des difficultés pour préparer leurs examens de baccalauréat. Ils se plaignaient des programmes qu'ils jugeaient trop vastes. C'est en accord avec leur proviseur qu'ils avaient décidé de solliciter de l'aide de Tila, moyennant un paiement conséquent de dix dollars américains par heure. Tila, après avoir été sollicité par le proviseur, se rendit à son bureau pour une concertation de travail.

Une fois sur place, Tila demanda au censeur d'aménager son emploi du temps pour l'adapter aux heures de travail à la bibliothèque de l'ENS de Kinshasa et à ses prestations à l'UPB.

– Tenez donc, lui dit le censeur.

Tila prit les papiers et les glissa dans son cartable.

Il ne put s'empêcher de faire un commentaire sur les programmes de philosophie, de français, d'histoire et de géographie. Il cherchait le moyen de les achever avant le début des épreuves du baccalauréat. Le temps pressait.

– Comment savez-vous cela, demanda le censeur ?

Tila prit une expression radieuse.

– Je le sais parce que les élèves des terminales viennent parfois chez moi.

Tila se leva à l'instant où le téléphone du censeur sonna, et promit de passer la semaine suivante, le temps qu'il mette de l'ordre dans ses différents emplois du temps.

Le lycée de Ndjili ressemblait à un grand hangar en béton. L'école qu'il venait de visiter était une ancienne boulangerie abandonnée par de riches commerçants grecs. Cela lui fit mal quand il jeta un coup d'œil dans quelques salles de classe. Il comprit tout de suite où il mettait les pieds. Cependant, il avait énormément besoin d'argent. Sa femme Yoyo avait été obligée de vendre la machine à laver qu'ils avaient rapportée de France.

Un sourire erra sur ses lèvres quand il aperçut au retour son épouse en train de bavarder avec une voisine devant leur parcelle. Tila prit sa femme par le bras et ils rentrèrent ensemble au salon.

– Ça y est, les bonnes choses arrivent. Je commençais à en avoir ma claque de ce retour au pays, annonça-t-il à Yoyo.

– Pas mal. Il y a des gens qui mettent plus longtemps, répondit-elle, enjouée.

– Oui, je sais. En principe, il ne faudra pas que j'hésite.

– Eh, tu en parles comme si tu avais déjà été payé pour ce travail.

– Pour moi, c'est comme si c'était déjà fait.

Il baissa la voix pour ajouter :

– Je joue bien le jeu. Ce pays reçoit régulièrement de l'aide de l'Occident, mais s'arrange avec ces mêmes bailleurs de fonds pour maintenir les conditions du sous-développement.

Il avait une journée chargée. *Peut-être que mon problème de salaire va durer un an,* pensa-t-il.

Le lendemain, il se rendit au rectorat et tenta d'obtenir un entretien avec le directeur de la Coopération. Il sonna gentiment à la porte du bureau de ce haut fonctionnaire. Une secrétaire le reçut et il en profita pour lui confier qu'il avait des problèmes d'intégration à la Fonction publique. Il ne manqua pas d'ajouter qu'il venait d'obtenir son diplôme de docteur ès lettres en France. *Cela ne peut pas manquer de jouer en ma faveur,* pensa-t-il.

Quelques instants plus tard, la secrétaire l'accompagna dans un vaste bureau à la porte capitonnée et meublé richement. Le directeur de la Coopération apparut par une porte secondaire, très à l'aise. Il resta debout derrière son bureau, considérant le visiteur d'un regard hautement approbateur et lui dit en termes rassurants :

– Vous êtes le bienvenu, cher Monsieur. Asseyez-vous, nous allons examiner ensemble votre situation. Je sais que vous avez des difficultés en ce qui concerne votre dossier.

– Oui, répondit simplement Tila.

Le haut fonctionnaire eut une réaction sympathique. Il ouvrit le réfrigérateur d'où il tira une bouteille de jus d'orange, et la posa lentement sur une petite table, le regard passant au-dessus de la tête de son visiteur.

Tila était assis dans un fauteuil confortable, et aperçut le dossier de son collègue Bati posé sur la table avec la mention « approuvé ».

Le directeur laissa s'écouler quelques secondes avant de demander à son visiteur de se servir.

– Qu'est-ce que je peux faire pour vous ? demanda-t-il.

Tila ne pouvait guère s'attendre à ce qu'il expliquât dans le détail la situation de son dossier. L'inverse eût été plus logique. Il en profita pour souligner au directeur l'insouciance montrée par les agents de la Fonction publique concernant ledit dossier. Il dit aussi un mot sur le manque d'intérêt de la part de l'administration de son école.

– Combien de temps devrais-je attendre pour toucher mon premier salaire ? osa-t-il enfin demander.

Le directeur ne s'attendait pas à cette question. Il n'eut pas de réponse claire. Face à une Fonction publique délétère, Tila était impatient et irritable. Il n'avait rien contre l'administration de son école, mais il se dit en lui-même qu'au rythme où allaient les choses, l'école ne tarderait pas à connaître la fuite des enseignants envoyés en formation.

– Puis-je savoir à quoi a servi ma formation, si je ne peux pas obtenir des heures de cours dans l'immédiat ? demanda-t-il.

– Il s'agit là d'un problème interne à l'École normale supérieure de Kinshasa. Les gens sont réticents à faire bouger les choses. Mais cela importe peu. Qu'est-ce qui prouve au reste que la formation que vous venez de recevoir n'aura aucun impact sur la poursuite des efforts concernant la pédagogie universitaire ?

– Il y a lieu de se poser des questions sur l'efficacité de l'aide au développement. On est toujours dans des impasses économiques. Quelle différence faites-vous entre moi et un collègue qui a une maîtrise dans la même discipline ?

– La différence se situe au niveau de la productivité. Un docteur conçoit mieux la méthodologie de la recherche et influe sur les progrès des sciences.

– Mais la formation coûte très cher, s'indigna Tila, et le pays semble tourner le dos à ce genre d'investissement. La preuve, je n'enseignerai pas, du moins pas durant cette année académique. Au début des années 1960, les liens avaient été établis entre le sous-développement des pays africains et l'absence criarde de cadres locaux. Aujourd'hui, les cadres locaux sont nombreux, mais les pays africains s'emploient à les décourager. Les jeunes intellectuels arrivés au terme de leurs études pensent obtenir un bon emploi. Ils croient pouvoir échapper à la misère. Toutes ces illusions s'envolent lorsqu'ils commencent à travailler. Ces jeunes, victimes de cette situation, deviennent pauvres, sont clochardisés et souvent abandonnés à leur triste sort, qui frise la déchéance, et aucune issue ne se profile à l'horizon. Les Africains vivant en Occident se contentent de petits boulots qui au moins les aident à survivre. Ils refusent de retourner dans leur pays respectif, surtout pour éviter des mois, voire des années, de retard de salaires.

Le directeur de la Coopération éprouva subitement l'étrange sentiment d'être à la tête d'un système en panne. Il savait en effet que les universitaires restent désarçonnés devant ce genre de situation et vivent dans un contexte où la véritable personnalité de l'individu est diluée par les contraintes sociales. L'aide apportée par les Occidentaux ne contribue pas réellement à améliorer les conditions de vie des populations africaines.

Il se lisait une certaine déception dans le regard de ce haut fonctionnaire. Le système était trop complexe.

— Écoutez, cher professeur, dit-il, je dois faire mon travail et en ce moment, j'ai en main des dossiers urgents à traiter.

Tila hocha la tête, sortit à l'instant où un appel parvenait sur la ligne intérieure et se rendit à la bibliothèque de l'ENS de Kinshasa.

Tout compte fait, cette bibliothèque était un endroit vraiment pratique où les étudiants pouvaient lire et se documenter, dans un cadre agréable arrangé par l'ancien directeur général.

À cette heure de midi, presque tous étaient en train de travailler sur leur mémoire ou autres activités studieuses.

Assis près de l'entrée, Tila passait le temps en lisant des magazines et des journaux. Ce lieu enchanteur lui permettait parfois d'écouter les conversations des étudiants bavardant à l'extérieur de la bibliothèque.

Le thème le plus fréquent était la musique ou la danse. Ces étudiants parlaient le plus souvent de Vititi, un homme d'affaires qui organisait des cours de danse pour les jeunes filles, qu'il livrait par la suite aux touristes de tous bords. D'après eux, Vititi recevait régulièrement de l'argent qu'il distribuait par la suite à quelques hommes politiques et à des policiers véreux. C'était l'argent servant à la corruption. Tila avait entendu parler de ce monsieur. Pour lui, il était comme tous les autres, mais ce n'était pas marqué sur son visage qu'il était un truand.

Cet homme d'affaires, paraît-il, avait construit, en moins d'une dizaine d'années, cinq immeubles de sept étages le long du fleuve Congo à Kinshasa. Les mauvaises langues racontaient qu'il avait terminé difficilement l'école primaire et qu'il possédait une grande villa servant de boîte de nuit et où il recevait des clients, amateurs de drogue. Tila était déjà au courant et en apprenait davantage sur ces hommes d'affaires devenus riches par le jeu de combines de toutes sortes.

Il souriait par moments, et paraissait surmonter une hésitation pour finalement confier à Kwali, son collègue qui était venu le chercher à la bibliothèque, qu'il craignait de devoir quitter ce pays tôt ou tard.

Sur la route, ils croisèrent deux autobus appartenant à un commerçant du nom de Tshida, tout en devisant sur l'état actuel de la société et sur le terrain de la dépravation particulière chez les hommes d'affaires qui sont convaincus que le succès est la justification de tous les moyens.

– Comment Tshida a-t-il réussi dans les affaires sans avoir fini l'école secondaire ? demanda Tila à Kwali.

– Vous ne devez pas me poser cette question, rétorqua Kwali. Cela ne nous regarde pas.

– Bon, supposez que cela nous concerne, y-a-t-il une explication ?

– Il a des parents ou des amis. Il est originaire d'une région où le diamant est à la portée de la main. Il a fait trois ans d'école professionnelle, mais sans obtenir de diplôme, une école d'arts dramatiques et pas mal de stages à droite et à gauche.

– D'après ce que tu viens de me dire, il n'y a aucune illusion à se faire.

– Je ne sais pas trop.

– J'ai lu un article dans la presse à la bibliothèque où l'on parle des intellectuels africains...

Kwali se ménagea une pause et répondit à l'instant où il manœuvrait la voiture pour déposer Tila devant le portail de sa maison familiale :

– Je suppose que cela peut vous donner des idées.

– Comment ça ?

– Vous m'avez dit que vous envisageriez éventuellement de quitter ce pays.

– Je recueille peu à peu les données du problème et je les analyse.

– Je disais bien que vous êtes un universitaire typique. Vous vous posez toujours des tas de questions sans tenir compte des réalités.

Kwali rigola en voyant l'expression de son collègue.

– Vous semblez avoir changé d'avis ! dit-il.

– Non, je souhaiterais simplement que l'État prenne ses responsabilités.

– Apparemment, nous y revenons !

– Vous ne m'avez pas laissé finir. Le Congo présente des conditions naturelles favorables à son développement, mais elles sont mal exploitées, ou détournées...

C'est après cette chaude discussion que les deux hommes se quittèrent en se promettant de poursuivre la conversation une autre fois. Kwali démarra sa voiture tandis que Tila rentrait chez lui.

Quelques minutes plus tard, il ouvrit une lettre qui traînait sur le buffet. Elle provenait du lycée de Ndjili, l'informant de ses heures de cours.

Au même instant, deux lycéens, reconnaissables par leur uniforme, frappèrent à la porte. Ils lui apportaient quelques sujets d'histoire et de géographie du collège Boto de l'année précédente.

Tila leur recommanda de demander à leurs camarades de venir le voir le lendemain avec des sujets de philosophie et de français.

L'idée de Tila se résumait à un schéma très simple. En acceptant de donner des cours au lycée de Ndjili, il espérait mieux faire son travail. Son intention était d'amener un plus grand nombre d'élèves au baccalauréat. Ses principes l'empêchaient d'avoir cette âpreté au gain qui constitue le propre d'un commerçant.

Quand il avait pris contact avec l'administration du lycée, il s'était aperçu que le proviseur et ses collaborateurs semblaient se soucier très peu des résultats scolaires. Seul l'argent les intéressait.

En effet, la classe de terminale B comptait cent élèves, au lieu de quarante, selon les normes. Plus de la moitié de ces élèves reprenaient pour la quatrième fois la classe de terminale. Beaucoup d'entre eux n'avaient pas eu une scolarité normale. Seulement 10 % de la classe avaient un niveau requis pour suivre les cours. Tila se concentrait sur eux lors des différentes évaluations.

Un jour en plein cours, en classe de terminale A, il vécut une scène qui le laissa penseur. Il avait commencé son cours de géographie en ces termes :

— Observez ce planisphère. Qui peut localiser les États-Unis ? questionna-t-il.

Deux élèves vinrent tour à tour devant la classe pour essayer de localiser les États-Unis vers l'Amérique du Sud. Ce qui lui donna la mesure de la tâche à accomplir.

— Citez deux pays voisins des États-Unis, demanda-t-il encore.

Et les élèves de citer n'importe quel pays.

— Puis-je dire quelque chose ? demanda un élève.

— Vas-y, l'encouragea Tila.

— C'est la première fois que nous avons un planisphère en face de nous, pendant le cours de géographie. D'habitude, les cours se font toujours sous forme de dictée.

— Vraiment, vous pouvez me poser toutes les questions que vous voudrez, les encouragea Tila.

Il prit le temps d'expliquer à ces élèves l'importance de la cartographie aussi bien en histoire qu'en géographie. Il parla sans interruption pendant plus de dix minutes.

Pendant ce temps, les élèves prenaient des notes. C'était pour eux une véritable expérience, une grande première !

Après un silence, Tila reprit :

– Je suis un animateur pédagogique, donc organisez-vous pour travailler en groupes immédiatement.

C'était tout à fait dans sa méthode. Il avait toujours aimé collaborer avec ses élèves en souriant.

Après deux heures de cours intensifs, il quitta le lycée et rentra chez lui. À présent, il comprenait pourquoi les élèves étaient venus le voir avant que l'administration de ce lycée ne prenne contact avec lui.

Maintenant qu'il enseignait dans cet établissement, il était déterminé à aider ces jeunes gens à réussir leurs examens de fin de cycle secondaire.

Il était sans doute un perfectionniste, comme le disait souvent son épouse. Mais il savait réfléchir.

– Tu peux en être sûre. On atteindra au moins 60 % des résultats, contrairement aux années précédentes, proclama-t-il fièrement en rentrant chez lui.

– Tu fais partie de ces rares Congolais qui croient encore à l'avenir radieux du pays, dit Yoyo.

La réponse ne vint pas tout de suite. Puis, il finit par répliquer :

– Correct, tu n'as rien contre, j'espère.

Yoyo soupira.

– Oui, ce pays appartient à tout le monde, continua Tila. Pas question de le livrer à un groupe d'individus en mal d'aventures.

– Et tu tiens toujours mordicus à enseigner au lycée de Ndjili ?

– Est-ce que ça t'ennuie ?

– Pas le moins du monde.

Il regardait son épouse mettre la table et demanda pensivement :

– Personne ne m'a téléphoné pendant mon absence ?

– Non, pourquoi ?

– Une réunion est prévue demain dans la matinée, sauf si le secrétaire académique décide de se rendre en mission à Lubumbashi, au sud-est du Congo. Veux-tu vérifier dans le répondeur ?

– Rien du tout, dit-elle après vérification.

– La réunion aura donc bien lieu. Là, ça pourra m'intéresser.

Tila se mit alors à rassembler ses idées concernant le bon fonctionnement de la bibliothèque. Il avait en effet eu le temps de s'informer auprès du responsable et avait pris des notes dans un carnet.

IV

L E LENDEMAIN MATIN, à l'École normale supérieure de Kinshasa, Tila avait suffisamment de quoi dire lors de la réunion. Il s'était forgé une image de marque qui le faisait passer aux yeux des étudiants et même de ses collègues pour un universitaire hors pair. Sa thèse avait été soutenue après trois années de dur labeur. Ses interventions lors des différentes réunions avaient toujours été prises en considération. Pour lui, il n'y avait pas de pouvoir sans savoir. Mais ce jour-là, il allait déchanter, comme on le verra dans ce qui suit.

Bati vint spontanément s'asseoir près de Tila, sur une chaise en plastique, quelques minutes avant le début de la réunion, mais resta silencieux. Non par amitié tout d'abord, mais par fierté. Puis il en profita pour lui dire que son départ pour la France, dans le cadre de ses études doctorales, était prévu pour la fin du mois de septembre.

L'équipe du directeur général de l'ENS de Kinshasa était au complet dans la salle des professeurs. Tila ignorait encore tous les points à l'ordre du jour de la réunion, d'autant plus qu'on avait dit qu'on devrait plutôt faire un commentaire du bilan à mi-parcours de l'année académique.

Ils étaient réunis depuis une heure et avaient globalement fait le point sur la situation. Tila leva la main pour dire ce qu'il avait préparé dans un mémoire concernant la bibliothèque et fut surpris par la rapidité de la réponse du directeur général :

– Veuillez l'envoyer au rectorat qui détient sûrement les réponses dont vous avez besoin.

Tila voulait montrer l'intérêt qu'il avait pour travailler à la bibliothèque. Il pensait que la direction générale était prête à l'aider pour y assurer les services et finit par ajouter ceci :

– On m'a dit que c'est à la direction générale d'adresser une correspondance au rectorat.

Mais c'était sans compter avec le directeur général qui ne trouva d'autre réponse qu'en faisant un signe de la main. Tila resta tout abasourdi sous ce coup de semonce ; mais il sourit en entendant Bati lui dire qu'après tout, il avait un doctorat et qu'il pouvait bien trouver un poste ailleurs. Il comprit alors que c'était une manœuvre de la direction générale pour se décharger du dossier de la bibliothèque. Mais il n'avait pas l'habitude de faire le travail à moitié. À moins qu'il n'ait opté pour le système de la loi du moindre effort.

Sur ce, les membres de l'administration quittèrent la salle des professeurs, suivis par l'ensemble des enseignants qui n'en revenaient pas. La réponse du directeur général avait montré les limites du système de l'enseignement supérieur et universitaire.

– On n'est pas là pour faire avancer les choses, bien au contraire, remarqua amèrement Tila en s'adressant à Bati.

– Tu veux dire que la direction générale ne fait rien pour améliorer les conditions de travail à la bibliothèque ?

– C'est presque ça.

– À ton avis, pourquoi la direction générale bloque-t-elle la situation ?

– C'est bien de garder le statu quo, mais le fait de choisir les ouvrages, les classer, les présenter, les animer est capital. Nous devons rechercher de nouveaux moyens pour établir des contacts avec les lecteurs. Il nous faut des nouveaux outils qui répondent aux nouveaux besoins et aux tendances du monde universitaire en perpétuelle évolution. Ce qui veut dire qu'on est tenu de suivre l'évolution de la science. La bibliothèque doit constamment être en quête de toutes les innovations qui s'opèrent à travers le monde. Les rayons offrent aux étudiants des livres qui datent des années 1970. Les ordinateurs restent des denrées rares même pour les universitaires. Très peu d'entre eux possèdent une adresse électronique.

Tila, lui, avait encore dans la tête l'image des bibliothèques qu'il fréquentait en France. Mais, en pensant à la manière dont le directeur général lui avait répondu, il adopta un profil bas. Il décida de ne plus en faire son problème. Il eut un bref sourire résigné.

Jusqu'à maintenant, il avait encore pensé que les enseignants de l'UPB lui procureraient une véritable satisfaction, par des débats de haut vol. Puis il réfléchit à sa nouvelle situation à l'UPB. Tout compte fait, l'idée était intéressante d'avoir quelques heures de cours, en attendant de travailler à plein temps à l'ENS de Kinshasa, et il se décida à accepter l'offre du Département de géographie de l'UPB.

À son corps défendant, quelque chose se passait en lui et c'était très proche d'un sentiment qu'il s'était interdit d'éprouver depuis son retour au pays, un sentiment de découragement qu'il ressentait par moments.

Malgré la douche froide qu'il avait reçue la veille, il se rendit le lendemain à son lieu de travail à l'ENS de Kinshasa. Beka, un jeune collègue, qui avait apprécié son intervention au cours de la dernière réunion, vint à sa rencontre dans la salle des professeurs et voulut partager ses réflexions avec lui.

Tila choisit soigneusement ses mots pour parler au jeune homme qui était en face de lui.

— Beka, lança-il. En France, la productivité des universitaires africains est un critère dérisoire pour prétendre à un poste à la mesure de leurs compétences. Ils sont dans la plupart des cas déboutés du champ académique. Ce qui reste le grand débat des africanistes. Les chercheurs africains sont réduits au silence et exclus de l'enceinte officielle de l'africanisme. Et pourtant, ces intellectuels produisent des travaux remarquables, dont certains sont mentionnés dans les bibliothèques des universités africaines.

Beka hocha la tête en signe d'approbation.

— L'Afrique doit être consciente des enjeux et décider de reprendre en main sa destinée, poursuivit Tila. Le chercheur africain doit s'armer de courage et de ténacité. Il nous faut prendre la parole au lieu de continuer à nous battre contre des moulins à vent. Les chercheurs africains doivent opposer aux discours dégradants de l'africanisme une exigence épistémologique qui réconcilie le contexte et le texte. L'imposture n'a que trop duré ! Il y a une foule de possibilités que nous devons saisir. Revendiquer notre histoire n'est ni un luxe ni une illusion ; la posséder, c'est amasser un trésor de sens et de puissance.

Pour la première fois depuis qu'il enseignait à l'ENS de Kinshasa, Beka eut une réaction positive pour le développement du Congo, et se confia à Tila. C'est sur des mots d'espoir que les deux hommes se quittèrent.

Arrivé chez lui, Tila voulut dormir, il se sentait exténué. Il fut réveillé par Yoyo à cinq heures du soir, et ils dînèrent en paix. Il avait plu toute la nuit à Kinshasa. La pluie avait crépité sans arrêt contre les vitres, comme des poignées de clous projetés rageusement par le vent.

Le lendemain matin, en quittant la maison, Tila dut sauter entre les flaques d'eau qui traînaient un peu partout dans les rues. Les vents charriaient de gros nuages poussiéreux au-dessus de la capitale du Congo. Tila tournait en rond à la station de l'autobus. Une main dans la poche de son pantalon, l'autre tenant fermement sa serviette de peur de se faire détrousser dans cet endroit fréquenté aussi par les voleurs, il demeura là pendant un temps inacceptable, peut-être trente minutes.

Tout à coup, un autobus fit halte devant lui. Il aperçut à l'intérieur des passagers assis sur des bancs en planche, visiblement très mal à l'aise, et hésita un moment, mais le chauffeur lui désigna une place à côté de lui et il s'assit sur un siège confortable en cuir.

Ce jour-là, il se rendait à l'ENS de Kinshasa pour travailler à la bibliothèque. Le bruit du moteur et la chaleur qui se répandait dans la cabine l'importunaient, mais le chauffeur n'en avait cure. Arrivé au Grand Marché après une heure de route, Tila descendit de l'autobus et se faufila à travers une foule de gens afin de gagner un autre arrêt d'autobus.

Soudain, une voiture s'arrêta près de lui : c'était Mondi, son collègue, qui se rendait en ville avec sa femme et ses deux enfants.

—Bonjour, où vas-tu de si grand matin par ce temps maussade ? s'exclama-t-il.

Tila répondit en souriant :

— Cela fait presque deux heures que j'ai quitté la maison. Avec la pluie de cette nuit, le transport est difficile.

— C'est bien pour ça que je me suis arrêté !

Tila prit juste quelques secondes pour monter dans la voiture.

— Comment évolue ton dossier à la Fonction publique ? s'informa Mondi.

— Encore une dizaine de mois avant le premier salaire.

— J'espère que tu te débrouilles autrement.

La phrase fit lentement son chemin dans la tête de Tila qui répondit :

— À vrai dire, je n'attends vraiment pas ce salaire. Je travaille à droite et à gauche.

Ils rirent de choses sérieuses, et cette situation dramatique leur parut en fait ordinaire.

Cependant, Tila avait prononcé ces paroles avec une aigreur qui fit mal à Mondi. Elles avaient aussi retenti à l'oreille de sa femme qui fit un petit commentaire à sa manière.

Quand ils arrivèrent devant l'école maternelle située à côté de l'ENS de Kinshasa, la mère et les deux enfants descendirent de la voiture. Elle travaillait dans cette école et les enfants fréquentaient le lycée, à cent mètres de là. Tila n'avait pas l'habitude de parler de sa propre situation avec ses collègues. Mais son désespoir était si vrai, si grand, qu'il ne put s'empêcher de livrer ses pensées.

– Je te le dis sans fard, dit-il avec force, n'est-ce pas une combine politique de haut niveau que de laisser les universitaires vivre dans des conditions aussi lamentables ?

– L'administration publique congolaise est une véritable ordure, acquiesça Mondi, allumant une cigarette. Il y a des placards cassés. Les dossiers sont classés n'importe comment. J'en passe, et des pires...

Les deux collègues bavardèrent un moment dans la cour de l'école. Quand Mondi eut cessé de fumer, ils marchèrent ensemble jusque dans la salle des professeurs.

En attendant l'ouverture de la bibliothèque, Tila avait à faire le point sur la situation de la veille et à vérifier les entrées et les sorties des livres. Il s'intéressait de plus en plus à ce travail. Lui qui n'avait jamais éprouvé la plus petite attraction pour sa nouvelle profession, voilà qu'il se trouvait engagé — faute de mieux.

Tila pensa beaucoup à la conversation qu'il avait eue avec son vieux collègue. Depuis qu'il était arrivé à l'école, il attendait le responsable de la bibliothèque qui était retenu par une réunion au centre-ville. Content ou mécontent, il prenait patience devant ses collègues qui le rencontraient surtout dans la salle des professeurs.

– Le temps passe trop lentement, dit finalement Tila à Mondi qui préparait son cours. Je file faire un saut au rectorat, pour rencontrer le directeur de la Coopération, voir ce qui se trame là-bas.

Le directeur de la Coopération au rectorat tendit la main pour le saluer.

– J'ai demandé la semaine dernière une recherche au fichier central, dit-il. Votre nom y figure. Il y a lieu d'espérer pour cette année.

– Là, ça devient plus intéressant.

– C'est aussi mon avis.

– On pourrait en déduire que tout fonctionne bien dans l'administration.

Le directeur de la Coopération sourit.

– Revenez dans un mois, on verra plus clair.

Tila hocha la tête et sortit aussitôt. Il retourna précipitamment à l'école, où la bibliothèque était ouverte.

Il posa une main sur l'épaule de Kalu, qui était enseignant dans cette école. De l'autre, il désigna les rayons de livres vides.

– Regardez, Kalu ! On dirait que les rayons attendent d'être garnis.

– Tila, tu n'as pas encore compris le système. Ces fonctionnaires du rectorat vivent dans l'impunité. En les nommant aux postes de commande de l'administration publique, le gouvernement cherche à se constituer une clientèle à sa cause, entre autres pour des raisons électorales.

– Oui, c'est ce qu'on m'a dit.

– Et tu sais bien que c'est vrai. Ne cherche pas à trop réfléchir. Un membre de l'administration de l'ENS de Kinshasa obéit aux ordres dont le travail consiste à détourner de l'argent pour le bien du chef. C'est pour ça qu'ils agissent ainsi.

Tila sourit ironiquement.

– Mieux organisés que nous ! Comment expliques-tu que des pères de famille puissent se comporter ainsi ?

Kalu ne put s'empêcher de rire.

Tila hocha la tête et s'assit à son bureau. Il écarquilla les yeux comiquement lorsque Kalu le quitta pour se rendre en classe pour faire son cours.

Pendant ce temps, les étudiants, curieux, écoutaient leur conversation. Tila nota dans les yeux de certains une lueur qui pouvait être de l'embarras ou même de l'irritation.

Soudain, un groupe d'étudiants avança vers lui.

– En quoi puis-je vous être utile ? demanda-t-il.

– Nous voudrions obtenir des documents récents sur la crise alimentaire dans les pays africains. Nous avons un exposé prévu pour la semaine prochaine, dit l'un d'entre eux.

– Les documents sur ce sujet sont obsolètes. Je vous conseille de vous rendre dans un cybercafé. Voilà environ deux mois qu'on m'a annoncé l'arrivée d'un lot de livres et des abonnements de journaux et de magazines, mais nous n'avons encore rien reçu.

Après le départ des étudiants, se retournant vers Talage, un autre collègue, Tila fit le commentaire suivant :

– Il y a une magouille évidente au sein de l'administration de l'ENS de Kinshasa. Un contrat avait été bel et bien signé entre le Congo et la France pour l'acquisition de livres. Le chèque a même été déjà touché par les services concernés, mais rien n'a été fait jusqu'ici.

– Cela n'a rien d'étonnant, l'univers de la mafia n'étant fait que de corruption, renchérit Talage.

À l'instant où Tila ouvrait sa serviette pour montrer à Talage une copie de la correspondance relative aux

commandes de livres, Nzondo, l'ancien secrétaire académique, poussa la porte de la bibliothèque et Tila se tut.

— Qu'est-ce que vous faites tout le temps dans la
bibliothèque ? Je ne vous vois jamais dans une salle de
classe ? lui reprocha Nzondo.

Tila répondit avec un temps de retard :

— C'est ici que l'administration m'a affecté.

— Comment cela ? insista Nzondo.

— Je croyais que vous étiez au courant. Les membres
de l'administration ont dit que mon arrivée tardive ne
leur avait pas permis de changer la distribution des cours.
J'attends la prochaine année académique.

— Et ça ne vous dérange pas trop ?

— Pas trop, non. Avec le temps, je crois même que je
pourrai m'y faire.

— J'ai l'impression que ça me rappelle quelque chose.

— On peut savoir ?

— C'est tout à fait dans les méthodes du gouvernement, déclara Nzondo en prenant tout à coup un air
agréable. Tout faire pour décourager les universitaires.
Car votre façon de raisonner peut porter une entrave au
fonctionnement de l'État. On cultive l'ignorance pour
permettre à l'État de faire ce qui bon lui semble. Et
comme beaucoup de gens ont un fond de paresse qui les
empêche d'avancer, on peut tout comprendre.

— Un homme capable d'observer déniche souvent la
cause, dit Tila.

— Eh oui, fit Nzondo, les causes finales.

Nzondo cherchait comment ranimer la conversation
qui tomba là. Il savait qu'il n'avait plus rien à ajouter,

cependant il avait une question qu'il se réservait comme une poire pour la soif, et il jugea nécessaire de la poser :

– Tila, qu'y-a-t-il de nouveau du côté de l'UPB ?

– Vous voulez savoir si j'ai réussi à avoir quelques heures de cours ?

Nzondo n'en dit pas davantage.

*

* *

Cela faisait une semaine que les cours avaient repris à l'UPB. La direction générale avait élaboré un nouveau calendrier. En se rendant en classe, Tila avait souhaité un démarrage en douceur, en exploitant les pré-requis des étudiants, mais la tâche paraissait colossale. Il connaissait tous ses étudiants de nom. Il avait pris soin d'élaborer au préalable un plan de classe.

S'appuyant sur la méthode de l'Approche par les compétences, Tila s'était mis à évaluer leurs connaissances. Il prit le temps de revenir sur certains détails en interrogeant chaque étudiant. C'était pénible, car pratiquement tous attendaient de sa part un cours de géomorphologie sous forme de dictée.

Tila mit deux heures pour terminer son cours. Il avait laissé les étudiants s'exprimer constamment. Il notait leurs nombreuses lacunes.

Alors qu'il hélait un taxi devant le portail de l'UPB, Bikayi, un collègue roulant lentement en voiture, s'arrêta net devant lui.

– Alors, Tila, aujourd'hui tu es des nôtres, tout s'est bien passé ? lança-t-il.

– Définitivement.

Bikayi était ce genre de professeur qui avait compris très tôt le jeu. Il avait été à une époque ministre de l'Éducation nationale, avant d'être remercié au bout de dix mois. Il expliqua l'importance que revêt l'argent en ces temps.

— Tu sais, Tila, la situation du Congo ne fait qu'empirer et pourtant l'universitaire conserve de nombreux atouts. Mais il reste cantonné dans une forme de résignation dans l'attente d'une aide extérieure, soit de la communauté internationale, soit des organisations non gouvernementales.

— Comment mettre en œuvre des dynamiques internes capables de contribuer à l'élévation du grand nombre ?

— Cette question est fondamentale et exige une réflexion soutenue.

— Pourquoi l'universitaire a-t-il tant de problèmes ?

— L'universitaire africain est désorienté, il ne trouve aucun repère dans l'évolution globale du monde.

— Peut-on dire que c'est fini le temps où la formation et l'éducation intellectuelles servaient à la légitimation du savoir, comme base, pour être en mesure de diriger un pays ?

— Aujourd'hui plus que jamais, c'est l'argent qui régit le monde. Tout laisse croire que l'ère de la globalisation n'y changera rien. Le financier est l'homme respecté.

— Je vois bien qu'au Congo, comme dans de nombreux pays africains, l'universitaire n'est pas toujours en mesure de vivre de son savoir.

— D'ailleurs, les diplômés universitaires recrutés dans la Fonction publique font les frais de cette adaptation.

Beaucoup d'entre eux vivent en-dessous de deux dollars par jour.

— Évidemment, dans ces conditions, il est impossible de produire davantage. Les préoccupations matérielles empêchent les intellectuels d'assumer convenablement leur tâche. Plus grave, ils se battent pour être près du pouvoir pour des raisons de sécurité financière.

— Tu sais, Tila, de nombreux diplômés universitaires se sont lancés dans le commerce, mettant en péril leur activité principale. Ils engagent le plus souvent de jeunes gens peu expérimentés. Dans la plupart des cas, des inconvénients surgissent du fait que les personnes recrutées usent de malhonnêteté pour augmenter leurs gains.

— En effet, j'ai entendu parler de chauffeurs de taxi ou encore de gérants de magasins qui travaillent pour le compte de ces intellectuels, mais qui présentent souvent une gestion opaque. Ce qui ne fait que les décourager.

— Aujourd'hui, les universitaires qui bénéficient des avantages du pouvoir n'hésitent pas à étaler au grand jour leur succès de performance. D'ailleurs, un conflit existe entre eux et ceux qui ne sont pas dans le système.

Tila et Bikayi avaient suffisamment d'informations sur la situation critique que traversaient de nombreux diplômés universitaires. Ils savaient que beaucoup d'entre eux étaient contraints de louer des appartements ayant été bâtis par des hommes politiques ou autres hommes d'affaires.

— Tu sais, continua Bikayi, ces intellectuels qui disposent d'un revenu faible sont l'objet d'humiliations de toutes sortes. On leur parle de l'inutilité de poursuivre de longues études.

– Ne vois-tu pas, que c'est un drame pour les parents qui dépensent des sommes considérables pour les études de leurs enfants ?

– En effet, cette situation est mal perçue par les parents, qui continuent de croire aux effets bénéfiques des études. Certes, les propriétaires des maisons ont pris des risques pour amasser de l'argent, parfois par des moyens douteux, mais ils sont aujourd'hui à la tête de grandes entreprises et narguent, à l'occasion, ces intellectuels qui ont passé de nombreuses années sur les bancs de l'université. Ces hommes d'affaires véreux sont dans tous les rouages de l'État. Ils sont même parfois utilisés par les hommes politiques pour leur propagande.

– Je remarque que l'intellectuel africain doit s'efforcer de comprendre qu'il fonctionne en dehors de la croyance en l'argent comme unique valeur. Il est désorienté, et a du mal à saisir l'évolution globale du monde.

Bikayi, regardant Tila d'un air compréhensif, renchérit :

– Face à cette évolution rapide du monde, l'intellectuel africain paraît en retard. Alors que le monde a changé de code de gouvernement, il continue de penser que son savoir reste salutaire pour son bien-être. S'il est vrai que ce sont les idées qui conduisent le monde, l'argent et les lobbies restent les paramètres essentiels dans la gestion de la société. Les idées sont concrétisées par la capacité financière d'intervention.

– Comment l'intellectuel peu fortuné peut-il s'insérer dans ce mécanisme ?

– Il doit chercher à utiliser ses capacités intellectuelles.

– Comment peut-il joindre la puissance de l'argent et du pouvoir à son savoir théorique ?

– C'est à se demander s'il n'en a pas toujours été ainsi, conclut amèrement Bikayi.

Bikayi arrêta sa voiture devant le domicile familial de Tila. Les deux hommes se saluèrent, puis Bikayi décida de rendre visite à sa cousine qui habitait dans les environs. C'était dans ses habitudes de passer voir ses parents quand l'occasion s'y prêtait. En entrant dans la cour, il vit que sa cousine discutait avec un policier. Il apprit que le mari de sa cousine croupissait depuis deux jours dans une cellule au poste de police de Kinga pour une affaire d'argent qui avait mal tourné. Les choses s'annonçaient mal. Bikayi demeura silencieux un moment, puis prit part à la discussion :

– Je désire savoir exactement ce qu'il en est. Parlez-moi de cette affaire.

Pour sa cousine, les affaires de son mari restaient une énigme qui pouvait cacher quelque chose d'important dans le contexte local. Son mari était sûrement un commissionnaire dans le commerce de diamants. Elle avait probablement le sentiment qu'il avait dû livrer de faux diamants sans le savoir.

– Que veux-tu « savoir exactement » ? demanda-t-elle à son cousin.

– Comment ton mari a-t-il pu s'engager dans ce genre de trafic très risqué ?

Sa cousine eut un petit rire nerveux.

– Tu ne dois pas me poser cette question. Regarde comment nous vivons à Kinshasa, avec des salaires de crève-la-faim.

— Oui, rétorqua Bikayi en souriant. Tu as répondu facilement à la question. J'en conclus que tu peux m'expliquer pourquoi ce trafic de diamants...

— Pas question. Ça ne concerne que mon mari et moi, personne d'autre.

— Après tout ce qui est arrivé à ton mari, il faut agir vite.

Le policier jeta un regard dégoûté à Bikayi et demanda à voix basse :

— Ça ne vous dérangerait pas de trouver mille dollars pour libérer le mari de votre cousine ?

— Pas trop, non. Avec le temps, je pourrai m'arranger.

Les gros yeux du policier le fixèrent avec désapprobation. Ses yeux lançaient des étincelles, il serrait les dents.

C'était révoltant pour un policier d'attendre des semaines pour recevoir les mille dollars. Soudain, les mots se bousculèrent dans sa bouche, ce n'était plus un agent de l'ordre, mais une arme parlante redoutable qui, au lieu de balles, lançait des rafales de mots. Il avait littéralement explosé. Sa colère était aussi effrayante que surprenante, pareille à une lame de fond. Comme s'il venait d'ouvrir un robinet, un flot de mots se déversa sur Bikayi.

Ce représentant de l'ordre appartenait à cette génération de la corruption bien implantée au Congo. Ce n'était pas un simple policier. C'était un homme influent dans le réseau. Il était particulièrement furieux que Bikayi ne fasse que des promesses. Il prit le temps d'allumer une cigarette dont il tira une longue bouffée avant de lâcher entre ses dents serrées :

–Tu vas voir qu'il n'y a pas de parapluie contre la foudre. Ou vous me remettez les mille dollars aujourd'hui, ou je fais transférer le mari de votre cousine à la prison centrale de Makala cette nuit même.

Bikayi réprima un mouvement d'humeur, quand ils entendirent soudain quelqu'un frapper au portail. La jeune femme ouvrit et vit un homme qui ne lui était pas inconnu. Elle leva les sourcils avec une nuance d'étonnement.

– La chasse a été bonne, dit-elle avec un petit rire.

– Bien sûr, rétorqua le monsieur.

– Tu peux peut-être te présenter ? demanda-t-elle.

– C'est une excellente idée. Je suis Masamba, le frère aîné de son mari, autrement dit son beau-frère. J'ai appris très tôt la nouvelle et je n'ai pas eu de peine à contacter le chef qui m'a remis les mille dollars pour le commandant.

– Asseyez-vous, nous avons à causer, dit le policier.

Subitement, il se mit à rire, puis se pencha vers Masamba :

– Comme ça, sept cents dollars au commandant et trois cents dollars pour nous deux, et votre frère est libre dans les minutes qui suivent.

Bikayi fit la fine bouche, mais le policier ajouta :

– Je vous ai dit : comme ça. Je n'aime pas qu'on me fixe du regard de cette manière.

Masamba soupira profondément, mais finit par accepter. Puis il accompagna le policier au poste de police de Kinga.

Quand ils furent partis, Bikayi s'assit près de sa cousine, pour lui dire d'une voix troublée qu'il allait revenir le samedi suivant parler à son mari des risques de ce type de commerce. La jeune femme éprouvait un si profond découragement, que la sueur avait mouillé toute sa blouse. Elle faisait pitié, cette situation n'était pas amusante. Bikayi lui dit au revoir et après l'avoir quittée, il s'arrêta chez Tila.

– Quoi de neuf, lança Tila, tout en se ménageant une pause.

Bikayi relata les faits.

– À ton avis, pourquoi les policiers ne l'ont-ils pas retenu plus longtemps ? demanda Tila.

– Tout est affaire de business ici. C'est bien d'être tranquille dans les affaires, mais ça ne suffit pas. Il faut savoir prévoir la catastrophe.

Tila était de plus en plus conscient des réalités du pays.

– Combien crois-tu qu'il peut y avoir de policiers qui se hasarderaient à arrêter le chef de la mafia ?

– Personne n'accepterait de courir ce risque.

Désormais, Tila savait que le Congo fonctionnait avec ces réalités-là. Il pouvait expliquer à qui pouvait l'entendre cette économie souterraine de Kinshasa.

Bikayi fit démarrer le moteur et lança sa voiture en direction de sa maison. Tila rentra dans le salon, la main placée près de l'échancrure de sa chemise.

– Relax, mon cher, dit Yoyo en fixant son mari d'un air amusé.

– Tu veux quelque chose, Yoyo ? s'efforça de demander Tila.

– Tu parles si je veux quelque chose ! Je veux que tu me racontes ce que Bikayi te disait tout à l'heure.

– Ça ne te fatigue pas trop d'entendre comment ce pays est en train de s'enfoncer ? suggéra Tila.

Yoyo ricana et commenta :

– Il aurait mieux valu qu'on reste en France, même étant chômeurs.

Ce fut à l'instant même que le téléphone sonna. Tila se tourna et décrocha le téléphone.

– Je suis Anko, le chauffeur du directeur général. C'est monsieur Tila ?

– Oui, bien sûr.

– Voulez-vous passer demain matin à 8 heures à l'Office de transport de Kinshasa (OTK) pour rencontrer le directeur général ?

– Certainement, répondit Tila d'un ton détendu.

Pour la petite histoire, Keli, le directeur général de l'OTK, était un ami de longue date de Longi, le frère aîné de Tila, qui était médecin. L'ingénieur Keli et le docteur Longi se connaissaient depuis qu'ils étaient tout petits, ayant fréquenté la même école primaire et le même lycée.

Keli était au courant des déboires de Tila depuis son retour au pays. Il cherchait à faire quelque chose pour le sortir de ses difficultés. Seulement, il était à la tête d'un service qui était loin de pouvoir satisfaire les ambitions de Tila. Mais il avait de nombreuses relations. Aussi avait-il décidé de le faire venir à son bureau pour le mettre en contact avec le responsable du service de cartographie et de télédétection de la Présidence de la République.

Quand il arriva à l'OTK, la secrétaire ne lui demanda pas pourquoi il voulait rencontrer son chef. Elle était déjà au courant. D'une manière nuancée mais significative, elle lui pria d'attendre.

Quelques minutes plus tard, Keli ouvrit la porte et fit signe à Tila d'entrer dans son bureau. Il se racla la gorge et lui demanda :

– Où en es-tu avec ton dossier à la Fonction publique ? Dois-tu encore attendre des mois avant de percevoir ton premier salaire ?

Tila sortit de son porte-documents tous les papiers et les lui présenta.

– Cela mettra encore au moins six mois, dit Keli après avoir pris connaissance du dossier.

Il poussa un soupir et ajouta d'un ton rassurant :

– Je vais écrire à Nzeti, conseiller à la Présidence de la République, pour voir si l'on peut faire quelque chose.

Keli écrivit une longue lettre à Nzeti — car il était plus inspiré le stylo en main qu'au téléphone —, lettre qu'il remit à son visiteur. Cette lettre tombait à point, l'idée de changer d'emploi était la bonne, car la Présidence de la République montait depuis un an un service de cartographie et de télédétection. Dix universitaires étaient déjà partis en formation aux États-Unis. Un autre groupe s'apprêtait à quitter le pays dans les semaines à venir. La Présidence de la République procédait toujours au recrutement. La priorité était accordée aux géographes et aux géologues. Tila possédait la bonne formation pour être retenu. Cependant, Senda, le conseiller chargé de cette structure, acceptait plus volontiers les dossiers des candidats originaires de la province du Chef de l'État que ceux d'ailleurs.

Tila devait donc compter sur ses relations pour être accepté, et le conseiller Nzeti était bien placé pour régler ce problème. Cependant, à la Présidence de la République, pour de multiples raisons, les relations entre les collègues étaient malsaines. La méfiance était totale ; heureusement le conseiller Nzeti avait des relations solides. Il avait fait son chemin à travers la jungle politique d'une manière officiellement irréprochable. Il était une tête d'affiche dans le monde des intellectuels, un modèle de conscience, de droiture pour ses collègues, et le dossier de Tila qu'il présentait avait donc la chance d'aboutir.

Vers les trois heures de l'après-midi, Tila se présenta au bureau de Nzeti afin de s'entretenir avec Senda. En entrant dans le bureau de ce dernier, il remarqua son attitude désinvolte. Senda se montra froid, légèrement dédaigneux, comme les hommes qui ne sont pas à la hauteur et qui vivent de faveurs du pouvoir.

– Pouvez-vous attendre un moment, je dois appeler la secrétaire du directeur du bureau de la Présidence de la République, dit-il à Tila.

Tila sourit sans rien répondre, fit quelques pas et s'assit dans un fauteuil faisant face au conseiller. Il désirait un emploi dans ce nouveau service parce qu'il souhaitait s'élever, désir bien naturel chez les jeunes gens.

– Mon ami, dit Senda d'un ton triste, je dois me rendre à une réunion importante au centre-ville. Je vous demanderais donc de revenir me voir le dernier vendredi du mois dans l'après-midi.

À ces mots, Tila sortit sans avoir obtenu une quelconque information concernant cette hypothétique possibilité d'emploi. Il évalua Senda et comprit que, pour obtenir un poste, il faudrait des interventions musclées de la part de ses propres relations. Il sentit la terre si petite sous ses pieds et retourna voir Nzeti qui lui conseilla de se rendre au rendez-vous fixé.

– Je suis satisfait en songeant à toute l'énergie que j'ai dépensée, lui dit Tila. Je ne crains rien, je gagnerai suffisamment d'argent pour que ma famille puisse atteindre un certain standard de vie. Je ne manquerai jamais de courage, de plus, l'esprit de travailler dans un centre de cartographie et de télédétection ôte l'amertume et l'ennui associés.

Nzeti lui répondit :

– Je vais user de tous les moyens mis à ma disposition pour que cet espoir ne soit pas frustré par des regrets qui risquent de rendre ta vie plus difficile encore.

En attendant, Tila continuait à travailler à la bibliothèque de l'ENS de Kinshasa, à assurer ses cours à l'UPB et à donner des cours au lycée de Ndjili. Et il décida de ne négliger aucun effort pour bien remplir ces différentes tâches.

Le travail à la bibliothèque était éprouvant. Il repérait les livres datant d'il y a plus de trente ans pour les placer dans des rayons à part. Il s'occupait aussi du service des prêts. Mais ce travail lui donnait satisfaction, car il apprenait beaucoup.

Au lycée de Ndjili, la majorité des élèves étaient bien préparés pour les examens du baccalauréat qui approchaient. À l'UPB, pour ses cours, Tila s'appuyait aussi sur l'utilisation des acquis. Les étudiants travaillaient en groupes en utilisant le plus souvent l'internet et cela donnait de bons résultats lors des différentes évaluations.

Le jour où il se rendit à la Présidence de la République pour le rendez-vous qu'avait suggéré Senda, il trouva son bureau fermé. Aussi décida-t-il d'aller attendre dans le bureau de Nzeti. Après une heure d'attente, ce dernier eut une moue de scepticisme.

– Tu es vraiment sûr que c'est aujourd'hui ? demanda-t-il.

– J'en suis sûr, puisqu'il me l'a fixé, sans toutefois préciser l'heure.

Nzeti se leva à l'instant où son portable émit un appel. Il s'en empara brusquement et sortit voir si Senda était à son bureau.

– Ton patron est-il là ? demanda-t-il à sa secrétaire.

– Je suis simplement venue chercher un document. Nous sommes réunis en ville pour un colloque international sur la télédétection, qui a commencé depuis 9 heures du matin.

– Oui, je vois, répondit Nzeti froidement.

Cela ne faisait aucun doute que la guerre était déclarée entre les différents conseillers à la Présidence de la République. Nzeti était de la même province que le Chef de l'État, tandis que Senda était l'arrière-petit-fils d'un roi du nord-Katanga qui s'était distingué par la conquête de territoires à l'époque précoloniale, quelques années avant l'arrivée des premiers colons belges. Malgré ses relations avec le pouvoir, le champ de manœuvre de Nzeti était réduit face à l'arrogance de Senda. Les espoirs de Tila pâlissaient dans ce monde sans pitié. Il confia son dossier à Nzeti et se résolut à attendre de suivre le cours normal, même s'il répondait à tous les critères. Lui qui n'avait jamais éprouvé le moindre goût à ce type de relations, le voilà qui se mettait à l'école du Congo. Il éprouvait subitement le sentiment d'être victime d'un système difficile à vaincre. Il fallait s'y faire.

Nzeti le prit dans sa voiture et l'accompagna jusqu'à un arrêt d'autobus, non loin du Grand Marché.

– Un homme politique a forcément des relations qui semblent parfois à la limite de la légalité, remarqua-t-il.

Il promit de suivre le dossier de son protégé contre vents et marées. Mais les semaines s'écoulèrent sans lueur d'espoir. Et de son côté Tila, comme tous les jeunes gens, essayait cependant à améliorer sa situation en prenant des contacts un peu partout.

V

TILA ARRIVA LE MATIN un peu avant 9 heures au bureau de la Solde, qui était ouvert. C'était une pièce haute de plafond, garnie d'un nombre incroyable de chaises. Sur les rayonnages ou dans les tiroirs des meubles s'empilaient pêle-mêle des enveloppes, des fardes, des paquets de documents ficelés n'importe comment.

Quel désordre, quelle poussière ! se dit-il.

Il aperçut dans un coin de grandes boîtes en carton qui dégorgeaient de dossiers jusque sur le sol. L'air de la pièce était chargé d'un surprenant mélange d'odeurs d'épices et d'alcool.

Il remit sa carte nationale d'identité à une secrétaire qui mit une demi-heure pour retrouver son bulletin de solde, ensuite, elle le lui tendit et lui dit d'une voix aussi froide que la banquise :

– Tenez, Monsieur.

Tila la remercia par une inclinaison de la tête. Deux minutes passèrent dans un silence presque palpable pendant que Tila prenait connaissance des éléments de son bulletin de solde. Il y manquait le nouvel indice, les allocations familiales, la prime de logement et la prime de transport. Il se leva subitement et comprit qu'il lui faudrait faire d'autres démarches.

Quelques minutes plus tard, il était à la Trésorerie pour toucher son premier salaire. Il déboucha dans une immense salle où des gens étaient assis côte à côte. Pendant qu'il attendait de percevoir son salaire, il pensait aux innovations qu'il avait prévues à la bibliothèque de l'ENS de Kinshasa.

Après que la caissière lui eut demandé son bulletin de solde, il considéra qu'il pouvait désormais établir un programme pour les dépenses du mois de son foyer.

Quittant la Trésorerie sans un regard en arrière, il évita l'attroupement qui commençait à se former à proximité, et monta dans un taxi garé sur une rue adjacente.

–Yoyo, sais-tu ce que je viens de recevoir de la Trésorerie ? dit-il à son épouse, tirant de son sac une petite enveloppe en arrivant chez lui. J'ai finalement touché mon premier salaire.

Yoyo eut un sourire d'optimisme et saisit l'enveloppe.

– C'est cela ton salaire, Tila ?

– Qu'est-ce que tu veux ? Beaucoup d'éléments y manquent.

– Va voir madame Kapinga, la secrétaire administrative de l'ENS de Kinshasa, elle fera le nécessaire.

– Bien sûr. Mais tu sais comment ça se passe.

En fait, Tila était en train de réfléchir à ce qu'il devrait entreprendre pour accélérer son dossier. Tout compte fait, l'idée de Yoyo était intéressante. Il allait devoir compter sur la secrétaire administrative qui était sûrement la personne indiquée pour le faire.

En fait, la secrétaire administrative disposait d'à peine dix jours pour préparer les papiers.

Une semaine plus tard, Tila muni de tous les documents exigés, se rendait au ministère des Finances. Il escalada les marches du grand bâtiment, puis celles de l'escalier menant au service de la Solde. Il aperçut une secrétaire qui sommeillait, assise sur un canapé. L'étage était silencieux, à part un bruit assez particulier en provenance du fond du couloir. Il arriva vers une dernière porte au-delà de laquelle il aperçut le directeur de la Solde. Il entra après avoir frappé.

– Je suppose que vous savez ce qui se passe ici, dit le directeur de la Solde, en levant l'en-tête de son journal.

– J'ai eu quelques informations, répondit Tila.

–Concernant l'accélération de votre dossier, vous devez accepter de payer 10 % de votre prochain salaire.

Après une pause, il précisa :

– Si vous refusez de nous remettre ces 10 %, votre dossier va se retrouver dans la poubelle.

Le directeur continua de lire lentement le journal, il le feuilletait et prenait des notes.

Tila hocha la tête et sortit. Il avait découvert le laboratoire de la magouille à l'échelle du pays. *Et dire que c'est ce monsieur qui est chargé du paiement de tous les fonctionnaires de l'État,* se dit-il en se rendant à la bibliothèque. Tout ce que Tila désirait, c'était de rester honnête, mais l'honnêteté est l'absence de la magouille. Après avoir marché quelques centaines de mètres, il arriva à son bureau à la bibliothèque.

– Pouvez-vous imaginer la mafia à la direction de la Solde ? dit-il à un de ses collègues.

–Non, pas possible !

–Je viens d'en faire l'expérience. Je suis convaincu maintenant plus que jamais que notre pays ne décollera pas de sitôt, ajouta-t-il.

Tila écouta les commentaires de son collègue sur les revenus obscurs au Congo. Celui-ci lui expliqua ce qu'il pouvait obtenir. Tila prit quelques notes dans son carnet qu'il plaça dans son porte-documents.

Il fit signe de la main à un étudiant qui cherchait à attirer son attention.

— Monsieur le professeur, pourriez-vous m'obtenir des informations sur les causes de la violence en Afrique des Grands Lacs ?

— À votre avis, pourquoi y-a-t-il de la violence dans cette région ?

— Sans doute par injustice. Les hommes politiques cherchent à satisfaire leurs propres intérêts au détriment de la population.

— Comment définissez-vous la violence ?

— La violence est une manière de s'attaquer à la liberté d'autrui.

— Vous n'avez pas bien répondu à la question, conclut Tila. Vous avez intérêt à rassembler une documentation assez soutenue sur la question. J'ai l'impression que les temps changent. Les étudiants veulent avoir des réponses à ces sujets trop facilement.

Tila remit à l'étudiant un certain nombre de références et insista pour qu'il cherche des informations sur internet. Il appela un autre étudiant qui attendait son tour :

— Si je me souviens bien, vous avez fait comme je vous l'avais demandé la semaine dernière, de faire un résumé sur la décolonisation.

L'étudiant demeura un instant pensif et répondit :

– Cela me gêne de vous dire que je n'avais pas suffisamment d'argent pour consulter les informations sur internet dans un cybercafé.

– Ce n'est pas nouveau, le rassura Tila. Beaucoup d'entre vous sont dans la même situation. Ce qui devrait vous inciter à travailler en groupes. Pour cela, il suffit de cotiser ensemble et de désigner un responsable. C'est une question d'organisation.

En fin de matinée, un autre étudiant se présenta chez Tila pour lui demander de l'aider à restructurer ses notes de lecture. Il travaillait sur un sujet intitulé : La famine en Afrique noire.

– Comment avez-vous pu réunir toutes ces informations ? lui demanda son maître.

– Je dois vous dire que j'ai un cousin qui travaille dans une société de vente d'agrumes, répondit le jeune homme d'un air gêné.

– Travaillez plutôt en groupes, dit sévèrement Tila.

L'étudiant fit une grimace gênée. Tila était toujours disposé à aider ces étudiants, excepté ceux qui agissaient d'une manière qui ne semblait pas très honnête.

Néanmoins, les étudiants cherchaient toujours à accorder de l'importance et du respect aux enseignants et aux autres membres de l'administration de l'ENS de Kinshasa.

Tila quitta la bibliothèque pour rentrer chez lui. Son premier salaire lui avait permis d'obtenir tous les documents nécessaires pour sa voiture. Il était devenu pour ainsi dire autonome.

Tila se demandait toujours si les discussions avec ses collègues pouvaient apporter quelque chose de positif.

Quelquefois, il acceptait de ne pas bousculer les habitudes. Il éprouvait des difficultés à marcher sur la pointe des pieds au milieu de cette magouille, à échapper d'une manière vraiment énorme à ce milieu sans scrupules, où régnaient la trahison, la tricherie et le mensonge. Mais il espérait quitter un jour ce pays, il refusait d'imaginer qu'il pouvait travailler dans ces conditions jusqu'à la retraite.

En voyant son fils courir vers lui pour l'embrasser, il comprit qu'il y avait un combat à mener contre toutes ces valeurs négatives au Congo.

– Ah ! ah ! Mon garçon, le développement de ce pays aura lieu ; c'est une question de temps, s'exclama-t-il.

Les espoirs pour un pays prospère qu'il avait conservés le rendaient plus mordant dans son for intérieur.

– Sais-tu ce qu'un étudiant m'a dit tout à l'heure ? dit-il à Yoyo.

– Quoi ?

– Son cousin l'aide à obtenir tous les documents dont il a besoin en utilisant l'internet de la compagnie.

– Tout le monde essaie de se débrouiller dans ce pays, dit-elle en souriant malicieusement.

Tila secoua lentement la tête et resta silencieux pendant quelques moments.

– Je ne comprends pas ton attitude, lui reprocha Yoyo. Sans doute préfères-tu que nous allions tous vivre sous une tente. Pas moi en tout cas.

– Arrête de parler comme une gamine.

Habitué à être honnête, ne connaissant rien à la magouille si bien implantée au Congo, Tila fut étonné d'une si prompte réaction de son épouse.

– Notre fils participera-t-il à tout cela ? ou lui et les autres inventeront-ils une société plus juste ? demanda-t-il à sa femme pour savoir si elle avait une réponse rassurante.

Sa curiosité éveilla la méfiance de Yoyo.

À Kinshasa, on lisait dans la presse des histoires des gens qui à l'époque de la zaïrianisation se remplissaient bien les poches, puis se retiraient sans risques. Ces gens s'attribuaient des centaines des milliers de dollars américains tandis que leur firme disparaissait.

– C'est de la jalousie pure et simple, renchérit-elle. C'est exagéré et ridicule.

– Ce n'est pas ton oncle qui avait profité de la zaïrianisation que j'attaque. Je décris seulement ce que j'ai constaté dans ce pays. Nous n'avons aucune envie de faire partie de ces gens-là. C'est tout ce que je voulais dire.

Yoyo s'était sentie mal à l'aise, pensant que Tila parlait indirectement de son oncle. Elle n'en continua pas moins à écouter son mari.

*
* *

Le lendemain, Tila partit à l'UPB. Il enseigna toute la journée. En se rendant au parking récupérer sa voiture, il invita un étudiant à l'accompagner. La conversation tourna autour de ces riches personnages sans scrupule que recèle le Congo.

– D'après toi, comment expliques-tu le grand nombre d'étudiants dans les départements de langues ? lui demanda Tila.

– En histoire, ou en géographie, la finalité pour un

étudiant, c'est l'enseignement. Or ce secteur paie mal. La formation dans les langues peut faire de vous un bon interprète. Mabiala qui a fait une maîtrise en pédagogie appliquée, option anglais, travaille dans une compagnie de vente d'appareils électroniques. Il va régulièrement en mission à l'étranger. Il gagne beaucoup d'argent.

Tila éprouva un peu de gêne. Il déclara au jeune homme que lui n'avait jamais eu l'idée de changer de métier :

– Je travaillerai toujours dans l'enseignement, dit-il avec force. Après tout, même si je suis fauché, je m'accrocherai toujours.

Cet étudiant était le neveu de l'ancien ministre de l'Enseignement supérieur et universitaire. Son oncle avait trempé dans la magouille, mais à présent, il était trop vieux pour faire quoi que ce soit. Cependant, il vivait assez bien avec l'argent accumulé après avoir vendu des parcelles de terrain de l'UPB.

Le jeune homme considérait l'instruction comme très utile, et savait que cela était l'unique moyen pour sortir le pays du marasme économique. Il était convaincu que l'éducation avait un impact sur le développement. En jeune homme bien élevé, il suait sang et eau pour payer ses cours. Il savait que ses connaissances lui seraient d'un bon apport pour trouver un meilleur emploi. Il s'était montré plein de bons sentiments et travaillait bien.

De nombreux parents qui trempent dans la magouille pour nourrir leur famille, croient agir paternellement, comme l'oncle de cet étudiant qui disait qu'il avait été trop longtemps dans les affaires, pour faire comme tout le monde. Mais le vieillard sentait l'approche de la catastrophe. Ce sentiment était juste à cause des pillages réguliers des biens dont étaient victimes les collaborateurs de l'ancien régime du gouvernement.

Et pourtant, pendant la première décennie de l'indépendance du Congo, les autorités craignaient pour l'avenir, car il était mal perçu à l'époque d'être traité de détourneur.

L'étudiant qui était avec Tila ce jour-là appartenait, lui, à une famille puissamment riche ; aussi n'en prenait-il qu'à son aise.

– La fortune de ton oncle, lui fit remarquer Tila, c'était courant à l'époque.

Cette conversation dans la voiture, qui avait duré presque une heure, fit comprendre à cet étudiant que le pays avait ses réalités et qu'il fallait déployer des efforts pour changer la société. Il partit à pied pour atteindre la grande propriété de son oncle. Bien que fier de la fortune de son oncle, il était un peu inquiet de la manière dont le pays évoluait.

*

* *

Quelques semaines plus tard, Tila rencontra Lala, l'un de ses condisciples du lycée, alors en proie à des contradictions. Cela faisait un bon bout de temps qu'ils ne s'étaient pas revus. C'était un homme d'une trentaine d'années, qui avait été nommé proviseur au lycée de Kinshasa.

Placé à la tête de ce lycée, il était pris comme dans un piège. Il avait l'obligation de ne jamais refuser le dossier d'un élève quel que soit son niveau réel, quand il était recommandé par un de ses chefs hiérarchiques ; aussi se trouvait-il face à un dilemme entre la préservation de son poste et la qualité de l'enseignement dispensé, et de plus en maintenant ses enseignants dans la médiocrité.

Il avait accepté ce poste de proviseur dans l'espoir de bien faire son travail, mais il était poussé par sa femme qui avait constamment besoin de beaucoup d'argent.

Il faut dire que Lala avait, dans sa jeunesse, assisté aux fins de mois difficiles de ses parents et à des scènes pénibles. Ils se plaignaient notamment du coût des études de leurs enfants. Il avait fini par obtenir un diplôme de maîtrise en sciences économiques, dans ce qu'on appelle la très bonne moyenne. À l'époque de son célibat, il avait fait la connaissance de Matinda. Ce qui l'avait attiré vers elle, beaucoup plus que l'argent, c'était l'apparente fragilité de la jeune fille.

C'était au cours d'une fête organisée à l'occasion du diplôme d'un ami, que Lala avait aperçu Matinda, venue en compagnie de deux de ses amies. Elle était fine, élégante, vêtue d'une robe mauve, assez chère. Elle était fortement maquillée et ses yeux noirs éclataient dans un visage de couleur brune. Le jeune homme fut présenté à cette jeune fille par l'ami dont on fêtait le diplôme d'ingénieur mécanicien. Par hasard, il se retrouva avec elle sur la piste de danse. Il eut plaisir à tenir dans ses bras ce corps légèrement parfumé, qui respirait le luxe. Son cou était cerclé d'un collier en or. Il engagea une conversation qu'il croyait mondaine et dit :

– Il vous va bien, ce bijou en or. Les femmes des

ministres en portent de semblables. Je vois cela à la télévision.

Elle expliqua avec douceur que celui qu'elle portait était un cadeau de sa mère, sans préciser que c'était en fait une imitation : à Kinshasa, lors d'une fête, les jeunes filles préfèrent garder leurs vrais bijoux dans un coffre-fort – il y a tellement d'agressions. De son côté, Lala faisait un effort, il parlait d'abondance, en gazouillant comme un rossignol philomèle à la tombée de la nuit.

Cette amitié avec Matinda fut soudaine. Il eut l'impression d'être tiré par une corde derrière un canot à moteur qui accélérait, avec les vagues qui déferlaient sur lui et les applaudissements qui retentissaient. Des applaudissements qui causent une espèce d'ivresse, inutile à l'amour-propre, mais indispensable au courage : alors qu'un murmure de désapprobation ou le silence d'un public distrait vous enlèvent les moyens, une présence attentive avec des regards admirateurs et bienveillants vous électrise. Pour Lala, c'était aussi un peu comme descendre sur une bicyclette d'une colline à toute allure, en perdant tout contrôle.

Issu d'un milieu qu'on appelle simple, Lala, bien que diplômé d'université, était encore confronté au choc des différentes catégories sociales. Matinda avait vite repéré ce néophyte, un homme plutôt séduisant et intelligent, mais dont le milieu familial était à des années-lumière du sien. Il était réservé et timide. Elle était persuadée qu'en cas de vie commune, elle pourrait avoir confiance en lui, il ne la tromperait sans doute jamais.

En fait, Lala avait tellement plu à Matinda que,

quelques jours plus tard, il reçut une invitation à dîner dans sa famille, où Matinda le présenta à son père, un ancien gouverneur de la Banque centrale du Congo devenu depuis propriétaire d'une dizaine de motels.

Des perspectives s'ouvraient pour Lala. *L'épouser ? Vont-ils m'accepter ? Entrer dans ce monde où les gens ne connaissent pas les soucis de fin de mois et dont les femmes vendent des bijoux au marché quelques heures par semaine, histoire de ne pas s'ennuyer ?* La jeune fille, quant à elle, n'avait qu'une seule exigence, presque une obsession : qu'on l'adule et qu'on lui soit fidèle.

La difficulté résidait ailleurs : dans son train de vie, Lala devait se battre pour avoir toujours de quoi satisfaire Matinda. Son salaire était fortement entamé par les endroits dits de luxe où il devait l'emmener. Les repas coûtaient les yeux de la tête. Elle dévorait son salaire. Lui qui n'avait qu'un objectif : s'installer dans ce milieu, il n'avait jamais imaginé le mariage de cette manière.

Le mariage une fois conclu, leur vie commune se déroula dans une apparente harmonie. Il partait le matin à son travail, et lorsque Matinda déjeunait avec ses amies, elle le prévenait. Il n'avait pas à se plaindre, du moins pour le moment. Ses parents, la gorge serrée, admiraient la trajectoire de leur fils aîné.

— Je ne veux pas te perdre, lui avait dit sa mère. Tu étais un si bon petit garçon. Même dans les difficultés, tu nous restais attaché.

Lala n'eut jamais un mot qui aurait pu les blesser. Quant à eux, ils craignaient qu'une remarque malvenue risquât de gêner leur fils dans l'harmonie de son foyer ;

alors ils s'isolaient, mais sans lui faire l'ombre d'un reproche. Le jeune couple était invité et invitait souvent.

Matinda tenait à s'offrir ce qu'elle convoitait depuis qu'elle était enfant, parfois sans se l'être avouée. Elle se comportait comme une enfant lâchée dans une pâtisserie à qui l'on dirait : vas-y, tout est à toi. Elle rêvait de tout ce qui est abondamment offert aux jolies femmes dans les magasins de luxe, et même les autres.

Comme elle ne travaillait pas, c'est bien entendu son mari qui devait tout payer ; ce qui lui créait des soucis, mais Matinda ne se rendait pas compte des sommes considérables qu'elle réclamait sans cesse de son époux.

Tila avait cherché à s'interposer, à expliquer à Matinda — qui avait de surcroît grandi dans le même quartier que lui — son attitude qui attristait son époux. Mais à chaque fois, elle se fâchait et n'écoutait pas.

Lala refusait de croire que sa femme puisse voir d'autres hommes. Il évitait que l'adrénaline lui monte au cerveau. Mais les rumeurs qu'elle avait des aventures couraient bon train. L'idée d'imaginer l'infidélité inconsciente de sa femme le faisait frémir. L'intimité de sa maison, si l'on pouvait l'appeler ainsi ce nid de vipères, était devenue un sujet de ragot dans le quartier où ils vivaient. Lala s'épuisait à procurer de l'argent à Matinda pour la retenir. Il disait à qui voulait l'entendre que sa femme avait le droit de faire ce qu'elle voulait ; mais il tenait ses propos uniquement en présence de cette dernière ; en cachette il se plaignait constamment à ses amis.

Matinda adorait se retrouver chaque fin de mois avec toutes sortes de paquets de toute taille et de toute provenance, éparpillés autour d'elle sur le lit, sur des sièges, ou même sur la moquette.

Elle dépensait aussi beaucoup en sorties. Elle aimait se rendre dans des restaurants ou répondre à des invitations, quelquefois sans son mari. Cela lui donnait une bonne occasion de s'acheter un nouveau pagne, de nouveaux bijoux pour l'accompagner. C'est ainsi qu'elle menait sa vie d'épouse. Elle savait gaspiller et s'amuser mieux que personne. Elle ne voulait surtout pas manquer d'argent. D'où les acrobaties de son mari pour vivre au-dessus de ses moyens, en opérant des ponctions drastiques sur le budget du lycée de Kinshasa.

Un jour, Lala dit à son épouse :

— Matinda, j'ai vu une maison qui nous conviendrait à Lemba.

— Lemba, qu'est-ce que j'irais faire là-bas ? C'est trop loin.

— De quoi ?

— De la Gombe, bien sûr, et elle se mit à rire.

— Va voir, c'est dans un grand terrain. Il y a des arbres fruitiers et un garage.

Elle partit visiter la maison le lendemain, et quand son mari revint le soir, elle lui dit :

— Nous l'achetons.

Elle voulut d'abord que cette maison demeurât telle quelle, mais par la suite, elle eut besoin de plus de luxe. Elle fit alors refaire la cuisine en carreaux roses. Elle tapissa la salle de bains de carreaux verts et de grands miroirs. Elle exigea des appareils sophistiqués : télévisions à antenne parabolique, chaîne hi-fi. C'était avec l'argent de la coopérative du lycée de Kinshasa. Ils vivaient tels deux tricheurs. Elle appartenait à ce genre de jeune femme qui désire toujours ce qu'elle n'a pas et obtient ce qu'elle veut, puis méprise ce qu'elle a reçu.

En public, Lala gardait sa bonne humeur, il souriait sans cesse. Les muscles de sa bouche lui faisaient mal à force de sourire. Il tenait à préserver sa dignité, garder bonne contenance. Il était évident que tôt ou tard, Matinda abandonnerait son mari, après lui avoir ôté le goût du travail, et avoir développé chez lui son penchant pour la magouille. Oui, Tila craignait que Matinda ne s'amuse de Lala comme d'un jouet. C'est pourquoi il continuait à fréquenter son collègue le plus possible, mais sans espoir de pouvoir lui ouvrir les yeux. Qu'allait-il advenir de ce couple mal assorti ? Tila ne l'apprendrait pas dans le cadre de cette histoire.

*

* *

Comme on sait, Tila disposait de sa propre voiture pour ses différents déplacements. Aussi pouvait-il rendre visite à des parents ou à des amis qu'il n'avait plus revus depuis son retour au pays. Quand il alla voir son oncle Zozo en compagnie de son épouse, ils restèrent ébahis par le luxe dont Belezita, la femme de Zozo, avait doté leur demeure. Il est vrai que Zozo était inspecteur au ministère des Finances, mais cela ne pouvait en aucune manière justifier cette abondance de biens.

C'était toujours avec entrain que Tila se rendait chez cet oncle. Ce jour-là, à la faveur d'un rendez-vous dans les environs, Tila et Yoyo arrivèrent chez l'oncle et virent débarquer des chandails de couleur bien pliés, des bijoux fantaisie en vrac et quelques sacs à main luxueux. Belezita était apparue dans un nuage de parfum, sourire aux lèvres, plus élégante que jamais dans des pagnes gris-bleus. Les bras ouverts, elle était venue à leur rencontre.

– J'ai pensé à toi quand j'ai vu ce sac, dit-elle à Yoyo.

– Quelle merveille ! Juste ce dont je rêvais, s'extasia Yoyo.

– Chéri, dit Belezita à son mari, je ne leur ai pas montré ma collection.

Elle emmena Yoyo dans sa chambre, dont les murs étaient garnis d'étagères en chêne et de vitrines légères. Puis elle se drapa dans de superbes pagnes et alla vers le grand miroir. La chambre était somptueuse.

– Quelle splendeur ! s'exclama Yoyo.

Le jeune couple était incapable de s'expliquer ce luxe. Yoyo était prête à lâcher les principes de Tila. Or, cette honnêteté, que d'autres n'acquièrent parfois que par éducation, orgueil et habitude, était la composante essentielle du caractère de Tila. Quoi que son épouse fasse, elle ne pourrait pas le changer.

Toutefois, ils étaient là, charmés par quelque chose dont ils ne jouiraient sans doute jamais, des objets de luxe, un cadre somptueux, une beauté peut-être provisoire.

Et Zozo, assez froid au début, finit par sourire de voir les deux dames si coquettes, si attentives à leur tenue.

Belezita, constatant la fascination de Yoyo pour l'un des pagnes qu'elle portait, l'ôta en un tour de main.

– Tiens, prends-le, dit-elle.

Puis elle lui montra comment l'enrouler.

– Ça, c'est le dos ; ici, ça se noue autour des hanches.

Assis, bras croisés, Tila contemplait les deux femmes si belles.

Yoyo se retourna vers son mari pour lui dire :

– Qu'est-ce que tu en penses ? Évidemment, sur moi, c'est un peu serré.

Tila éprouva une intense satisfaction.

– Sublime, dit-il en fixant sa femme droit dans les yeux, pour qu'elle sente qu'il disait vrai.

Tila savait, lui, parce qu'il l'aimait, combien Yoyo était sensible à toutes les petites attentions. Son sourire était tout ce qu'elle voyait de « solide » dans l'instant. Quand elle se retrouva dans la voiture, conduite par son mari, elle laissa aller sa tête sur le cuir blanc et ferma les yeux. Elle était ébahie de voir comment les gens se débrouillaient à Kinshasa, en dépit de petits salaires. Et comme Belezita lui avait promis de la prendre avec elle dans ses affaires, elle se disait qu'ils allaient peut-être enfin améliorer leur situation.

Et de fait, Belezita engagea Yoyo pour travailler dans sa boutique parce qu'elle avait le physique de l'emploi — du moins, c'est ce qu'elle lui dit.

– Tu n'importuneras pas les clientes, conseilla-t-elle. Elles n'aiment pas qu'on les harcèle. Ce qui leur plaît, c'est juste de flâner dans la boutique, tu vois ce que je veux dire.

Yoyo comprenait. Elle aimait aussi se promener dans cette boutique d'articles pour dames. Elle aimait l'odeur et les choses que ce genre de magasin contenait. Elle était reconnaissante à son mari de la laisser y venir travailler, comme elle le confia à Sofina, sa maman. Et dire qu'elle n'y avait jamais pensé ! Mais en vérité, depuis leur retour au pays, Tila, lui, cherchait un moyen pour que sa femme trouve quelque chose à faire.

La proposition de Belezita était un événement qui allait désormais compter dans leur vie.

Depuis cette promesse ferme de Belezita, Yoyo, débordante de joie, faisait des projets à sa manière. Elle savait qu'ils connaissaient des gens prêts à les épauler. Pendant ce temps, Tila la laissait faire, la conseillait même. Depuis leur dernière visite chez Zozo, ils étaient tous les deux fort contents et agréablement surpris de la proposition de Belezita.

Yoyo passait les journées à se faire belle. Chaque femme, sur ce sujet, a des idées différentes. La plupart cherchent avant tout à se plaire à elles-mêmes, ou à essayer de rendre verte de jalousie leur meilleure amie. Yoyo était de ces rares femmes qui savent résister à la contagion et s'habillent pour leur mari. Cela ne demande pas tellement d'altruisme, mais implique d'avoir été éduquée par un père attentionné.

Yoyo savait qu'en allant gérer le magasin de parfums et de sacs à main de Belezita, elle devrait plaire aux clientes. Cette boutique se trouvait sur une belle avenue bien fréquentée. Elle était ouverte de neuf heures du matin à six heures du soir, et Belezita aidait la femme de Tila à faire l'inventaire. Yoyo passait les étagères en revue, et comptait, tandis que Belezita notait les chiffres sur un bloc-notes. Une épaisse moquette gris clair conférait à l'endroit une atmosphère de luxe et de gaieté. Les étagères offraient aussi des bracelets et autres bijoux. Yoyo possédait un excellent sens du timing, un rythme intérieur, ce qui plaisait également à sa patronne, qui savait à quel point ce sens-là est un don rare et précieux chez les vendeuses, elle était flattée de l'admiration de Yoyo exprimée tant dans son regard, ses paroles ou ses gestes.

Tila et Yoyo pensaient désormais à mieux construire leur maison de Binza. Ce jour-là, Tila vit deux sacs que Belezita avait rapportés de la boutique et qui valaient très cher. Il aurait aimé les acheter. Il n'osa le faire de peur de paraître ostentatoire aux yeux de Yoyo, mais aussi parce qu'ils avaient commencé à épargner pour démarrer les travaux de construction.

Kinshasa est une ville de contrastes, des quartiers pauvres y côtoient des quartiers riches. Les femmes riches achètent sans même demander les prix. Dans le magasin que Yoyo gérait, les femmes défilaient comme si c'était dans une foire. L'odeur parfumée de la boutique suffisait à remplir de plaisir la jeune femme. Elle savait communiquer ce plaisir aux clientes. Avec son savoir-faire, elle faisait monter les ventes et augmentait les bénéfices.

VI

AVEC LE TEMPS, Tila eut l'ingénieuse idée d'aller vivre sur leur terrain de Binza. Les problèmes financiers devenant de moins en moins cruciaux, il décida de revoir le plan de la maison tel qu'établi avant leur départ pour la France. Cela dit, il fallait trouver un architecte qui soit compétent et honnête. Tila, qui n'avait pas beaucoup réfléchi à ce problème, en confia la tâche à son cousin Ndenge, une personne réputée pour avoir dirigé des travaux de construction de qualité. Ndenge, bien que fort pris, accepta de s'en occuper.

— Comment comptes-tu t'en tirer ? lui demanda un jour sa femme.

— C'est Ndenge qui va diriger les travaux. Il travaille depuis plus de cinq ans dans diverses entreprises de construction implantées à Kinshasa.

— Les propos des architectes et des conducteurs des travaux au Congo sont obscurs, pour toi qui aimes la clarté, remarqua-t-elle, non sans ironie.

Tila ne répondit pas. Il s'organisait pour connaître à fond les problèmes que pose ce genre d'activités.

— Je m'occuperai personnellement des achats des matériaux de construction, avait-il dit.

— Je laisserai faire, autrement dit, je t'ai déjà donné mon accord, lui avait répondu Yoyo.

Et c'est ainsi que commencèrent les difficultés pour Tila, qui avait confiance en son cousin l'architecte.

Yoyo remettait régulièrement de l'argent à Ndenge sans se poser de questions. C'est si beau, la confiance !

Le couple allait ainsi perdre pas mal d'argent. Tila avait commis cette erreur, fréquente chez les intellectuels, de penser qu'on gagne énormément de temps en confiant une tâche spécifique à quelqu'un qui s'y connaît. En effet, il avait laissé à Ndenge la latitude de diriger tous les travaux de construction.

Aussi crut-il à une erreur, lorsqu'il apprit par l'un de ses voisins, puis par un autre, et bientôt par sa tante qui n'habitait pas loin de là, que son chantier de Binza n'avait pas encore démarré. Et c'est d'un air impérieux et excédé qu'il se rendit chez son cousin en plein après-midi.

C'était un homme complètement dévoué à sa profession. Mais sa méthode de travail consistait à entreprendre le chantier précédent une fois qu'il était en possession de l'argent d'un nouveau client. Il travaillait avec décalage. Et pourtant, tout était en règle. Tila n'avait pas une erreur de centimes à se reprocher.

– Les travaux ne sont pas encore commencés, mais alors où est passé l'argent ? s'indigna Tila.

– Nous allons voir, cher cousin.

– Tu me glaces le cœur.

La rage gagna Tila. Il se rappela qu'à Bruxelles, « Sale architecte ! » est une injure... Il voulait se jeter sur son cousin, mais il se maîtrisa. Il commença à s'inquiéter sérieusement quand il découvrit le pot aux roses, un ouvrier venant au même moment réclamer son salaire, non versé depuis trois mois.

– Monsieur, payez-moi ! dit le pauvre homme.

– Il faudrait que vous ayez la complaisance de revenir la semaine prochaine et de me laisser le temps de finir avec mon cousin Tila, répondit Ndenge sans se démonter.

– Non, Monsieur, protesta l'ouvrier.

Mais Ndenge nia n'avoir pas payé ces travailleurs depuis trois mois. L'architecte voulait faire beaucoup d'argent. Pour le moment, il n'était pas riche. Il utilisait l'argent qu'on lui remettait pour aller acheter des fûts d'huile de palme en Angola, et vendre ensuite cette denrée alimentaire à Kinshasa. Mais il avait fait de mauvaises affaires. Tout le monde se trompe, peut se tromper. Ce trafic est plein de risques, surtout que la situation sécuritaire entre le Congo et l'Angola n'est pas bonne. Il avait donc utilisé l'argent de Tila, mais malgré ce coup dur, il continuait à faire pareil avec celui d'autres naïfs.

– Comment as-tu fait pour te laisser escroquer par Ndenge ? demanda Yoyo à Tila en frottant furieusement un pot qui n'avait pas besoin d'être nettoyé.

– Tu n'as pratiquement pas ouvert la bouche quand on négociait, essaya de se justifier Tila. Tu as fait comme si tu étais d'accord aussi.

Yoyo, mise au courant de l'escroquerie, força Ndenge à accepter de rembourser l'argent dans un délai de deux mois. Pourquoi pas ? Tant mieux même. Tout ce que Ndenge avait fait jusque-là lui avait réussi. Il n'était pas prêt à cesser rapidement cette pratique. C'est aussi ça, la société de Kinshasa.

C'était très difficile pour Tila de dénicher un autre architecte, car les matériaux de construction étaient sur place. Ce qu'il y avait de terrible, c'était que les voleurs y rôdaient et en plus, on ne pouvait jamais être sûr dans ce genre d'opérations. Le jeune couple était occupé toute la journée.

Chaque matin, quand Yoyo s'apprêtait à se rendre à la boutique pour femmes, Tila la regardait. Il la trouvait élégante avec ses pagnes, ses cheveux noirs relevés sur les côtés par des peignes. Il se disait que c'était une partenaire hors pair dans tout ce qu'il entreprenait. En la voyant parfois en blouse bleue, affairée à faire prospérer le commerce de Belezita, on ne pouvait guère deviner que c'était une épouse ardente – aussi avide de lui qu'il était d'elle. Et une mère si aimante ! Il la contemplait, heureux.

Un samedi matin, Ngangu, le beau-frère de Tila, fit irruption chez lui. Il était accompagné de Batele, un homme d'une quarantaine d'années fort ambitieux. Il avait du talent. Pour avoir dirigé le chantier d'épuration d'eau à Ndjili, il avait été propulsé dans les hautes sphères de la société de Kinshasa, et on entendait son nom voler de bouche en bouche. Mais c'est toujours comme ça, dans la vie ; on ne se rend pas compte que celui qu'on cherche est si près.

– Où est ton mari ? demanda Ngangu à Yoyo qui se trouvait devant la porte de leur maison.

– Au salon, répondit-elle, un peu intriguée.

Tila était en train de discuter avec un de ses cousins d'une affaire de famille. Les deux visiteurs entrèrent et conclurent rapidement une nouvelle entente : Tila put confier le plan de la maison à Batele.

Il prit la résolution de passer régulièrement au chantier

au moins deux fois par mois pour suivre l'évolution des travaux, afin d'éviter les déboires que lui avait causés Ndenge. L'expérience lui avait vite appris que dans ce genre d'activités, la confiance n'exclut pas le contrôle.

Construire une maison et l'achever demandent des mois et il se passa pas mal de temps avant que Tila, Yoyo et Fed puissent enfin habiter dans leur propre maison.

Certes, Tila aurait pu rester vivre dans la propiété familiale. Mais les coutumes africaines sont quelquefois difficiles à accepter, surtout quand on a passé des mois à l'étranger. Il y a quelque chose de différent chez les Africains qui vivent constamment ensemble. Après tout, c'est bien normal de vouloir partager ce qu'on possède. Dans la parcelle familiale, Yoyo devait faire la cuisine non seulement pour sa famille, mais aussi pour Koko, son beau-père ou pour un parent qui débarquait à l'improviste.

Pas question de dire aux parents, « Ceci est à moi et j'en fais ce que je veux. » Pas question de laisser mourir de faim un parent. Tila était obligé d'offrir de la nourriture tous les jours à divers membres de la famille. Yoyo commençait en avoir ras-le-bol. Elle disait sans cesse à Tila :

— Je me suis débrouillée, moi ! À chacun son travail, mais aussi son talent et sa chance ! On ne doit rien à ces parents-là. Car pour donner, il faut recevoir. L'argent ne pousse pas dans les arbres, que je sache.

Seulement, Tila avait besoin d'aide. Terriblement, à ce moment-là de sa vie. Il ne payait pas de loyer, mais tout n'était pas encore bien réglé quant à son salaire à la Fonction publique.

Koko, son père, ne lui faisait entendre qu'une chose, le mot *entraide,* indéfiniment répété comme le bruit de bielles d'une locomotive à vapeur. Et ça l'entraînait loin, si loin du réel qu'il en oubliait de songer à l'avenir. Tout le monde a envie de prendre la fuite face à un comportement pareil.

Les parents – plus ou moins proches – que Tila recevait dans la propriété familiale étaient pour la plupart démunis financièrement et attendaient tout de lui. On prétendait alors être venu le voir pour lui demander son avis, mais en réalité, c'était pour lui soutirer un peu d'argent.

C'est là que Yoyo, rugissant comme une lionne à qui on enlève ses petits, se levait parfois de son divan pour marquer sa désapprobation, mais Tila continuait d'osciller entre la gratitude, le besoin de respecter scrupuleusement la coutume et le désir de vivre à part avec sa famille. Il imaginait peut-être à tort le choc que cette nouvelle aurait auprès de son père, puisqu'il s'apprêtait à aller vivre dans sa propre maison dans dix mois.

*
* *

La nouvelle maison était habitable, mais il restait quelques travaux de finition. Cela pouvait attendre. Les pièces étaient vastes et hautes de plafond. La maison comprenait un salon et une salle à manger communiquant par une large ouverture, une très grande chambre à coucher avec une salle de bains attenante, une vaste cuisine et trois pièces, dont on ferait le bureau, la chambre d'amis et la chambre d'enfants. Yoyo regardait ces chambres à coucher en rêvant. L'avenir venait vraiment de s'ouvrir pour Tila et sa famille. Ils avaient bien eu besoin de leur propre maison.

Tila songeait combien triste serait Koko quand il apprendrait leur décision d'aller vivre à Binza. Ce genre de nouvelle vient parfois gâcher le climat familial.

Ce jour-là, Tila se rendit chez son père. Il voulait lui parler. Il hésita avant de lâcher :

— Je dois déménager pour la maison de Binza, êtes-vous au courant ?

— Bien sûr, répondit Koko comme s'il s'agissait pour lui d'une vieille nouvelle. À ce propos, je te félicite.

— Vous ne m'en voulez pas, alors ? Je suis soulagé.

— Tu craignais quoi ? répliqua Koko qui se forçait à mettre de la candeur dans son regard.

Tila hésita.

— Rien, finit-il par répondre.

À peine était-il parti que Koko étouffa en sanglots. C'est toujours dur de voir son premier fils quitter la maison, mais c'est dans l'ordre des choses.

Quand Tila rentra dans l'appartement, il trouva Yoyo, ravissante, avec l'air dégagé de quelqu'un qui n'a aucun souci à se faire, que ce soit avec son beau-père ou concernant ses relations avec ses belles-sœurs.

— Je sais bien, moi, mon père, ce qu'il lui faut pour être heureux, dit Tila à Yoyo.

— Et le voir malheureux, abandonné, comme il est, ça me fait aussi de la peine, acquiesça Yoyo, tout en repoussant loin d'elle son assiette soigneusement vidée et en sortant de son sac un mouchoir grand comme une serviette.

— C'est toujours comme ça ! renchérit Tila. Ceux qui

cherchent à sauver quelqu'un qu'ils aiment et avec qui ils vivent, coulent avec !

— Alors que faire ? soupira Yoyo.

— Nous déménageons, mais nous lui rendrons visite régulièrement, déclara Tila.

Les jours s'écoulèrent sans que Koko manifeste une certaine tristesse. Le matin où ils s'affairaient à déménager pour aller vivre à Binza, dans leur propre maison, Tila était partagé entre la tristesse et l'envie de retrouver sa liberté. Il était convenu que son épouse, son fils et lui viendraient au moins une fois par mois voir Koko et les sœurs de Tila qui habitaient dans la parcelle.

Tila regarda autour de lui la maison qu'il quittait, non sans regret. Koko les accompagna jusqu'au camion.

— Je viendrai dans une ou deux semaines, promit Tila à son père.

— Merci, répondit Koko et lui serra la main. Il saisit aussi le coude, comme s'il voulait l'attirer contre lui, mais il n'osa pas. Yoyo ne se retourna pas pour voir si son beau-père était toujours à la porte.

— Au revoir, dit finalement Tila.

Yoyo caressa la joue de son fils qui lui saisit les mains. Incapables d'ajouter un mot, ils montèrent dans le camion. Tila agita la main à la portière. Ils étaient partis. Koko était resté assis devant la porte.

Tila, Yoyo et Fed étaient enfin chez eux. On en vint à parler d'attribuer à Fed une chambre. Mais Yoyo n'avait aucune envie de se séparer de son fils, qui n'avait encore que cinq ans. Les bonnes excuses ne lui manquaient pas. La chambre destinée à Fed n'était pas suffisamment claire pour qu'on laisse l'enfant seul, de plus, elle était trop éloignée de la salle de bains. Elle obtint gain de cause en déclarant dans un grand élan d'instinct maternel que leur fils aurait de la peine si on le privait de ses parents la nuit.

Tila se laissa convaincre. Finalement, c'était plutôt bien d'avoir une deuxième chambre d'amis, on ne savait jamais.

Yoyo regardait la maison. Comme elle était confortable ! Ils étaient chez eux. Les rideaux étaient tirés quand le soir tombait. Des photos décoraient les étagères au salon. Cette maison, ils l'avaient arrangée pièce par pièce, exactement comme ils le désiraient. Le salon baignait dans une éclatante luminosité.

– Comme tout cela est joli, dit Tila en prenant place au salon.

C'est vrai que notre maison est belle, pensa Yoyo, qui dit à haute voix :

– Oui, nous avons vraiment une maison agréable. C'est tellement plus chaleureux et plus intime qu'un appartement chez les parents.

La maison dominait une large vallée d'où l'on découvrait à perte de vue les flots bruns du fleuve Congo. La nuit, ils profitaient du calme et du silence que seuls troublaient de temps à autre un chant d'oiseau ou le passage d'une voiture.

– C'est l'endroit rêvé pour élever des enfants, avait-dit Yoyo, un jour où elle sortait de la maison et s'approchait de Tila, qui se prélassait dans une chaise longue à l'ombre d'un parasol. Tout en parlant, elle s'assit sur le transat à côté de lui.

Il y eut un silence.

– Comment se porte Koko ?

Yoyo savait que son mari lui vouait un amour aussi profond que celui qu'il avait pour son père. Mais il fallait bien aborder le sujet de la sécurité de Koko.

Certes, depuis la mort de leur mère, Valenta et Sisika, les sœurs de Tila, s'étaient fait du souci pour leur père ; elles avaient essayé de le consoler, de le distraire, d'écarter tout ce qui pouvait l'assombrir, le blesser. Elles avaient passé leur temps à essayer de rendre l'atmosphère de la maison respirable, normale, comme pour l'aider à supporter la disparition de son épouse.

Mais après le déménagement de Tila, Valenta et Sisika ne s'intéressèrent plus qu'à elles-mêmes et à leurs petits problèmes personnels. Elles ne possédaient rien, n'avaient aucun argent, elles vivaient d'expédients. Parfois, elles pouvaient jouer les intermédiaires en livrant des vêtements aux clientes du quartier. Elles semblaient ignorer leur père et oublier qu'il était encore dans la propriété familiale.

Après un mois passé dans sa maison de Binza, Tila vint voir Koko. Il fut frappé par le nouvel état des lieux. Dans la cuisine, la poubelle était pleine à déborder, l'émail de la cuisinière recouvert d'une croûte d'aliments calcinés, et ça sentait le lait tourné. Une odeur de moisi régnait dans la salle de bain où le linge sale et les serviettes roulées en boule s'amoncelaient dans un coin.

Près du lit de Koko, il découvrit un plateau avec les restes d'un petit déjeuner. Des mouches bourdonnaient autour de la confiture et du reste de lait, au fond du pot.

Par la fenêtre, il aperçut un parterre envahi par les herbes. Il remarqua que le pyjama de Koko traînait par terre. Son père vivait dans une véritable porcherie. Tila sentit la colère l'envahir lentement.

Il en avait assez. C'était trop injuste. Il était furieux contre Valenta et Sisika. Les gens doivent rester où ils sont, faire face à leurs responsabilités, respecter les engagements jusqu'au bout, se débrouiller avec les moyens du bord, coûte que coûte.

Ses sœurs étaient rarement à la maison. Il se passait plein de choses dans leur vie amoureuse. Valenta, l'aînée, avait voulu effectuer des achats à Paris, mais son père ne le lui avait pas permis. Tila s'était même interposé en disant que c'était trop dangereux. Son père voulait la protéger. La jeune femme était triste. Elle avait envie de s'enfuir pour ne pas perdre son ami Niko qu'elle trouvait si beau. Elle était impressionnée par son allure. D'après elle, son ami dépassait tous les canons du quartier de la beauté. Elle était incapable d'échapper à son attirance. Elle avait perdu pied et ne pouvait pas dire non. Elle avait les jambes coupées par l'émotion chaque fois qu'ils sortaient ensemble.

Son père avait cherché à la dissuader, mais elle n'écoutait pas alors, elle faisait la sourde oreille, elle ne voulait pas admettre le risque qu'elle courait. Un jour, son père, excédé par ses agissements, lui lança un long regard sombre, en disant :

— Tu sais ce que tu fais ?

Valenta pensait que oui, ou plutôt elle s'en moquait, car elle était toujours attachée à son ami. Sa jeune sœur

Sisika la soutenait plus que jamais, car Valenta avait presque vingt-trois ans et que par conséquent, n'importe quelle union valait mieux que de rester vieille fille.

Quand Valenta vit que son ami la couvrait de cadeaux, elle commença à mépriser sa famille. Dans l'appartement de son ami, elle oublia son père. Elle était paralysée par le bonheur, ou la crainte d'une rupture, car il ne s'agissait que d'une union libre sans vrai projet de mariage. Son ami savait exactement ce qu'il faisait. Il flirtait avec tout le monde. Il courtisait les amies de Valenta quand il n'avait rien à se mettre sous la dent. C'était un véritable plaisir pour lui que de contempler l'effet de son charme sur toutes les jeunes femmes présentes.

En ce qui concerne Valenta, il avait réussi son coup, car la famille n'avait pas demandé la dot de mariage. Cela n'empêchait pas la jeune femme de vivre heureuse avec son ami, les nuits chaudes, la fenêtre ouverte sur la rue, les rideaux gonflés par la brise, la caresse du vent sur le corps. Mais Niko avait l'habitude de flirter avec les serveuses, à sa manière discrète, quand ils se retrouvaient dans les restaurants. Valenta lisait dans les yeux de son ami qui étaient fixés sur l'horizon, pas sur elle. Elle ne faisait jamais de remarques pour le critiquer et apprenait à ne pas voir. Ces chocs incessants de le voir se permettre des écarts de conduite finirent par briser leur union. Koko avait eu raison, c'était bien fini.

Sisika, quant à elle, allait voir son copain Micha quand Dieta, l'amie avec laquelle il vivait était absente. Elle n'osait pas demander nettement au jeune homme quelles étaient ses intentions ; elle était dans une impasse.

Elle venait, puis repartait, silencieuse comme une voleuse, et emportait de la nourriture.

Quand Dieta rentrait, c'est le parfum qui la perturbait le plus. Des draps froissés étaient encore sur le lit défait et il y avait des serviettes sales dans la salle de bains. Elle découvrait aussi des vides dans le refrigérateur. Parfois, Sisika laissait quelques affaires : des babouches, des cartons de ceci ou de cela dans les placards. Dieta avait fini par découvrir combien elle avait été trompée par Micha qui pourtant lui avait promis le mariage.

Sisika était si amoureuse qu'elle n'arrivait pas à penser clairement. Certaines nuits, elle pleurait de chagrin. Elle vivait dans une sorte de brouillard. Elle se détestait d'éprouver de tels sentiments pour Micha. Elle ne voulait pas rompre, car elle espérait encore une promesse de mariage.

Finalement, le cœur brisé, elle était retournée chez son père. Koko était très inquiet au sujet de l'avenir de ses filles : il aurait souhaité qu'elles soient mariées.

Chaque fois que Tila venait rendre visite à son père, ce dernier se sentait mieux. Maintenant, il avait décidé de faire venir une jeune femme du village pour s'occuper de lui. Depuis trois mois, il essayait de trouver une jeune femme d'une vingtaine d'années qui pourrait entretenir la maison paternelle. Il faudrait qu'elle ne soit pas trop intéressée par le cinéma, la musique et même le maquillage. Tila espérait qu'elle s'habituerait bien à la ville.

Un jour, alors qu'il corrigeait des devoirs chez lui, la grille grinça. Il vit entrer dans le jardin sa tante Londa et une jeune femme portant un sac de voyage. Elle était élancée, mais ressemblait à certaines personnes qui, dès leur plus jeune âge, ont l'air vieux. Elle était mal fagotée, dans un pagne d'un vert triste avec un mouchoir froissé sur de longues tresses de cheveux mal peignés.

Elle aurait tout de même pu mieux s'habiller, pensa-t-il.

Tila les accueillit au seuil de la porte et les invita à s'asseoir à la véranda. Londa présenta la jeune femme. Elle s'appelait Mantu et était une nièce de monsieur Nzolani, l'ancien maire de Matete.

– Quelle surprise ! s'exclama Tila en souriant. Est-ce que ma tante t'a dit pourquoi tu venais en ville ?

– Oui. Mais je voudrais exactement savoir ce que je vais faire.

– C'est vrai. Mais ce n'est pas ici que tu vas rester. Je vais te conduire chez mon père dans un autre quartier où tu tiendras sa maison et tu seras payée chaque mois.

Elle ne répondit pas.

– Oui, il faudra que tu apprennes à connaître les gens d'ici pour t'habituer vite, précisa Tila.

Tous les trois montèrent en voiture pour se rendre chez Koko qui savait déjà qu'ils allaient venir.

Londa présenta la jeune femme à son frère. Koko connaissait bien Nzolani, l'oncle de Mantu. Il l'examina avec attention. À vingt-quatre ans, elle en paraissait largement quinze de plus.

– Comment s'est passé le voyage ? lui demanda Koko.

– Bien. Tout à fait bien.

Koko sourit.

– Il vaudrait mieux que je te montre ton studio, le temps d'attendre que Valenta et Sisika arrivent. J'espère que tout se passera bien, dit Koko.

En voyant le studio, Mantu eut les larmes aux yeux. Sur une étagère, Koko avait disposé des couverts qu'il avait dû payer cher à l'époque où il travaillait dans une société agricole.

– Les femmes aiment les ustensiles de cuisine, dit-il en contemplant fièrement ses acquis.

Mantu était heureuse. Elle s'extasiait devant ce qu'elle trouvait beau, notamment l'installation électrique, le lavabo et la peinture des murs. Elle posa son sac de voyage sur le lit et se regardant dans le miroir, elle eut un sourire timide et ses yeux se mirent à briller ; la couleur de son pagne n'allait pas bien avec son teint. Lorsque Koko vit la joie qui illuminait les yeux de Mantu, il comprit qu'elle se plairait dans ce cadre et qu'elle ferait bien le ménage.

Après le départ de Tila, c'est en fredonnant que Mantu, la ménagère de Koko, retourna dans son studio.

Deux jours plus tard, vêtue d'un pagne et d'un foulard, Mantu se rendit au marché du quartier. Elle connaissait la route. C'était à la gare routière à cinq minutes de marche.

Elle revint avec un panier bourré de sachets de riz, de légume, du poisson et de tous les épices nécessaires pour cuisiner de bons plats. Elle avait préparé une liste pour acheter en vrac ; sans oublier les boissons gazeuses.

Sisika, qui vidait le panier, n'en revenait pas. D'une certaine façon, oui, elle était satisfaite, parce qu'elle savait qu'elle allait elle aussi bien manger.

Koko n'eut plus à se plaindre, jusqu'à ce que Mantu découvre les délices de la ville de Kinshasa. Parfois, elle rencontrait sur la route du marché des jeunes filles portant des escarpins stupéfiants en peau de crocodile, avec des talons si hauts que leurs jambes semblaient longues d'un kilomètre, et des tailleurs ravissants en soie avec des jupes moulantes très au-dessus des genoux.

Trop de brillance pour Mantu. Elle se dit qu'après tout, il lui fallait un homme pour accéder au statut de femme mariée.

Elle n'oubliait pas la devise : « Un jour, on ne voudra plus d'elle. Elle aura pris de l'âge, bonne pour la maison de retraite. »

Parfois, il lui venait à l'esprit de rencontrer un homme et de l'épouser sur l'instant, sans réfléchir. Mais tout au moins en espérant que le contrat de mariage lui donnerait tout de suite un certain prestige. Là, elle raisonnait comme les jeunes femmes grandies au village, comptant sur quelqu'un d'autre pour les assurer contre la vieillesse, et il lui arrivait de jeter des regards langoureux sur le chemin du marché.

Elle fit le contraire de ce qu'elle se conseillait de faire, elle tomba amoureuse d'un jeune homme. Souvent, elle avait dit : « Moi, les jeunes hommes, pas question ! Ils ne m'intéressent pas, je les trouve immatures... Et puis, je ne veux pas dépenser mon argent pour les amadouer à tout bout de champ ! Je trouve ça dégradant ! »

Seulement, voilà, les jeunes gens disposent de loisirs. En tout cas, plus que leurs aînés. Ils peuvent se permettre d'être souples quant à leur horaire.

Mantu était loin du travail des champs. Entraînée par l'ambiance de la ville de Kinshasa, elle acquit petit à petit un goût pour la toilette qui la rapprochait des citadins.

Elle avait compris que pour se surpasser, elle devrait acheter quelques nouveaux pagnes, dans lesquels elle entreprit
de se draper.

Comme elle savait que plaire s'apprend, elle ne négli-
gea rien. C'est dans des pagnes qu'elle se rendait régulièrement au marché ou allait visiter ses parents. Mais ces
changements avaient fini par altérer la confiance qu'avait
Tila en elle.

Un jour, en effet, Tila vint voir Koko. Il apprit que
Mantu était souvent absente de la maison. Il sursauta en
voyant l'état des lieux. Des assiettes et des verres traînaient sur la table de la salle à manger, le sol était plein
de miettes. La cuisine offrait un spectacle navrant : le
four était tapissé de graisse, des poêles sales traînaient sur
la paillasse, l'évier était plein d'une eau douteuse, des
corn-flakes s'échappaient d'une boîte renversée.

Tila fut horrifié. Pour s'asseoir, il avait dû retirer un
torchon crasseux qui traînait sur une chaise.

— Mais voulez-vous me dire à quoi ça a servi de faire
venir Mantu ? Enfin, vous ne pouvez pas vivre comme ça.
Et d'abord, où est-elle ?

— Cela fait une semaine qu'elle n'est pas rentrée, mon
fils. Elle viendra sûrement cet après-midi, pour se changer. Et puis elle repartira chez son oncle qui est souffrant.
Oh ! Je suppose qu'elle passe les nuits chez son oncle, ou
ailleurs. Parfois aussi, elle va chez son cousin. Je pensais
qu'on te l'avait dit.

— Non, je l'ignorais. Je l'ignorais totalement.

Tila se sentit au bord de la nausée.

— Et c'est comme ça depuis combien de temps ?

– Je ne sais pas trop. Voyons, je vais de temps en temps dans mes champs, cueillir des mangoustans, des avocats...

Tila l'interrompit d'un ton sec :

– Comment faites-vous pour avoir de l'eau chaude ?

– Mon fils, ce n'est pas la peine. Arrête de geindre.

– Non, je n'en ferai rien, ni vous non plus.

Tila se leva machinalement. Il s'attela à nettoyer la cuisine. Il ramassa tout ce qui traînait dans la salle à manger.

– Mon fils, tu vas te fatiguer.

– Je ne veux pas qu'on dise que je ne m'occupe pas de mon père.

Koko étouffa un rire nerveux.

– J'ai fini la salle à manger, annonça Tila, qui avait ouvert toutes les fenêtres afin de changer l'air.

Mantu revint à midi dans un état lamentable. Elle marchait comme un jouet mécanique qui arrive en fin de course. Elle avait les yeux gonflés. Sa blouse était fripée et pleine de taches, comme si elle avait vomi dessus et avait essayé de la nettoyer maladroitement.

– Bonjour Mantu, la salua Tila sans tiquer.

– Bonjour, Tonton.

Son regard allait de l'un à l'autre. Elle ne savait que faire et était affreusement gênée. Elle semblait avoir des vertiges.

– Bon sang, Mantu, s'exclama enfin Tila, tu parais comme si tu avais été dans un accident de voiture ! Qu'est-ce que c'est que ces taches noires sur ton visage ?

– C'est juste mon visage.

– Tu ferais mieux d'en prendre soin.

Elle était devenue un fardeau pour Tila.

–Viens donc voir, lui dit-il, en la menant dans la cuisine, ça brille, non ! Qu'est-ce que tu en dis ?

Mantu ne répondit pas.

–Tu as gagné, dit Tila d'un air mauvais. Vas-y, tu as ce que tu voulais, fais-en à ta tête.

Mantu courbait le dos avec honte, en murmurant entre ses dents : *Je n'ai pas obtenu ce que je voulais, je n'ai pas gagné. Mais si je le racontais, personne ne me croirait.*

Elle avalait sa salive et fixait le sol d'un air résigné. Tila alla jeter un coup d'œil dans le studio de Mantu. Il y avait des tasses de café sales, des morceaux de manioc, des habits qui traînaient partout, du verre cassé sur la table, et sur le sol. Comme si la fête avait duré toute la nuit. Il aperçut plus loin des oreillers par terre, le lit étant sens dessus dessous.

Mantu regardait Tila avec dans les yeux une expression qui ressemblait à de la honte. Lui se trouvait devant un fait accompli, il lui fallait refaire les calculs. Ce n'était peut-être que partie remise.

Tila et son père se demandaient ce que Mantu allait faire. Koko avait fini par dire à son fils qu'il fallait y réfléchir, car à Kinshasa, il ne manque pas de personnes convenables pour faire le ménage.

Mantu pleura toutes les larmes de son corps.

Tila se sentit frustré ; frustré de sa bonté et de sa tendance à rendre service. Il gardait son calme ; brusquement il eut une migraine effroyable, et il se sentit malade. C'était la colère qui bouillonnait en lui comme un dîner à la salmonelle. Puis il se radoucit.

— Bien entendu, il faudra réfléchir, et puis, qui sait si Mantu pourrait peut-être changer de conduite, proposa-t-il, mû par la pitié.

De plus, Koko n'était tout de même pas d'âge très avancé, il n'était que dans la soixantaine, et devrait pouvoir se débrouiller tout seul.

Tila lui expliqua comment il pourrait tirer un meilleur profit de ses terres de Ndjili. Quand son père était plus jeune, il aimait travailler dans ses champs sans penser à rien. Il lui arrivait parfois de planter des légumes, d'omettre d'éclaircir les semis et de désherber suffisamment. Il en résultait un fouillis innommable. Maintenant qu'il avait pris de l'âge, il pourrait tout simplement louer ces parcelles de terre, un peu trop éloignées.

Koko parut un peu honteux et il espérait que tout irait pour le mieux, qu'il n'y aurait pas d'ennuis.

— Quels ennuis voudriez-vous qu'il y ait ?

— À vrai dire, je préférerais ne pas me rendre chaque mois pour toucher les loyers de ces terres qui sont un peu trop éloignées, mais qu'ils me soient payés ici.

La cause de tous ces ennuis était que Mantu s'absentait trop souvent de la maison. Et pourtant, on l'avait fait venir du village pour décharger Koko de tout le travail domestique.

— Mais, Mantu... À quoi cela rime-t-il d'être toujours partie de la maison ? Tu habites un studio, et les meubles appartiennent à mon père. Tu manges ici.

— Je vais au chevet de mon oncle qui est malade, répondit-elle.

— Je ne crois pas que ça en vaille la peine.

– Mais c'était toi qui le voulais, lui fit remarquer Koko.

Mantu fixait le sol.

– Tout ça a été une erreur, conclut Tila. Maintenant, je voudrais qu'elle aille habiter chez son oncle. Comme cela, elle finira par découvrir que sa seule vraie demeure est ici.

– C'est possible. Pourtant, là-bas, elle a plus de liberté, dit Koko.

La conversation finit par languir. Alors Tila prit une décision rapide :

– Je suis désolé, Mantu, désolé. Dès maintenant, tu dois retourner auprès de ton oncle.

Le même jour, après le départ de Tila, la jeune femme partit chez son oncle. Elle s'y habitua rapidement du fait qu'elle avait déjà depuis plusieurs mois une liaison avec un enseignant d'école primaire, sans qu'il lui promette le mariage. Il la traitait très mal. Elle s'était confiée à son oncle qui lui avait répondu comme un parent habituel et compréhensif mais non sans une certaine circonspection.

– Ce n'est pas ta faute, mais tu es trop attachée à ton ami.

Mantu connaissait peu la vie, seulement la coutume de son village.

Pour les gens du lieu, elle était vieille, elle avait vingt-quatre ans, donc elle prenait de l'âge. Beaucoup de jeunes femmes de son âge au village étaient déjà mariées — pourquoi pas elle ? Elle lisait cette question dans les yeux de plus en plus stupéfaits de son oncle.

Mantu avait déjà eu une histoire d'amour au village,

mais sans lendemain. Elle ne se voyait pas passer sa vie en talons plats, surtout pas à Kinshasa. Elle voulait des enfants, mais pas avec n'importe qui. Elle était sous pression, elle conservait une apparence de dignité. De cette manière, elle apprenait à connaître les jeunes gens de Kinshasa. Elle attendait son heure.

Pendant ce temps, que se passait-il vraiment dans sa vie amoureuse ? Il y avait cet enseignant, quelqu'un de convenable, un ressortissant de son village, mais de tempérament trop violent... Qu'allait-elle devenir ? Nous ne le saurons pas : laissons-la à ses rêves.

De son côté, Tila conclut de cet épisode malheureux que porter secours aux gens pauvres tourne parfois fort mal. Ceux que vous aidez arrivent à vous détester, car ils se sentent inférieurs, puis ils vous méprisent de les croire, d'avoir pitié d'eux, d'être crédule.

VII

IL PLEUVAIT. En s'abritant sous un parapluie pour rentrer dans sa voiture, Tila songeait à tous ses cours et à son travail à la bibliothèque.

Quand il arriva à l'ENS de Kinshasa, les étudiants étaient en train de se rendre dans la salle de promotion pour une communication importante du directeur général. Il fit de même. Quelques enseignants étaient assis dans les premiers rangs. Bati était en conversation avec deux autres collègues. Il parlait de son prochain voyage en France, de la préparation de sa thèse de doctorat.

— Eh, fit Tila en ajustant ses lunettes, je crois que ton départ est imminent.

— Tout juste, confirma Bati.

— L'ENS de Kinshasa, remarqua Tila à l'attention de son jeune collègue, envoie des enseignants en France, mais à la fin de leurs études, une fois la thèse soutenue, leur utilisation pose d'énormes problèmes.

Du coup, il apparut tout à coup à Bati comme un confident possible. Ce dernier avait plein de choses à lui demander, mais il se retint. *Avec ses yeux pétillants de gaieté, son opulente chevelure noire et son teint clair, son costume lui allait à la perfection,* pensa Tila.

Le directeur général avait toujours souhaité que les étudiants soient au courant de leurs droits et de leurs devoirs. Il ne s'attendait absolument pas à ce que ceux-ci puissent poser des questions sur ce qui était déjà bien établi. Rien jusqu'alors n'avait laissé prévoir leur grogne suite aux modalités des délibérations. Or, au cours de cette rencontre qui dura trois heures, les étudiants firent savoir qu'ils tenaient à un assouplissement des règles sur les conditions de passage en classe supérieure, de redoublement ou de renvoi.

À quelques semaines des examens de fin de l'année académique, les étudiants avaient eu droit à une mise au point sur leurs craintes diffuses dont ils finirent par se moquer et à réviser leur jugement péremptoire. La signification de cette réunion avec les étudiants montrait à Tila les enjeux de fin d'année.

Plus tard ce soir-là, pendant que son épouse et lui savouraient leur repas, Tila reposa sa fourchette.

– Je voulais te parler de quelque chose, Yoyo.

Son épouse remarqua aussitôt sa mine embarrassée.

– Je t'écoute.

– Au sujet de la prochaine année académique, après en avoir fini avec le travail à la bibliothèque, vois-tu, je...

Tila s'interrompit et se mordit les lèvres.

– Qu'y-a-t-il, Tila ?

– Eh bien... Je n'ai pas vraiment envie de continuer à travailler dans ce service. Je veux dire de continuer d'aller à l'ENS de Kinshasa.

Yoyo fronça légèrement les sourcils.

– Veux-tu dire quitter l'ENS de Kinshasa ? Tu semblais pourtant enchanté d'y aller. Il y a quelques mois encore, tu disais que tu étais à l'aise dans ton travail à la bibliothèque.

– Je sais, Yoyo, mais... j'ai changé d'avis. Je préfère,

travailler à l'UPB, où l'on donne la priorité aux titulaires d'un doctorat.

— Je suis ravie que tu veuilles travailler à l'UPB, dit-elle prudemment.

— C'est bien cela, Yoyo, déclara-t-il avec conviction, je ne veux pas perdre mon temps à continuer à travailler à la bibliothèque.

— Je peux te comprendre mieux que n'importe qui, après tout, tu travailles comme un forcené, tu ne t'arrêtes pas une seconde.

— Qu'aurai-je appris de plus avec ce travail à la bibliothèque ? Rien. Je suis docteur en géographie et à quoi cela aurait-il pu m'avancer ou m'être utile de passer mon temps à l'ENS de Kinshasa ? À rien. Peut-être y puis-je servir à quelque chose, en commandant de nouveaux livres, mais je viens d'avoir la chance que l'UPB me cède quelques heures de cours. Je m'entends bien avec Kendi, c'est un excellent chef de département. Il me fait toujours découvrir quelque chose de nouveau quand je vais le voir.

Cela faisait des mois que Tila travaillait à acquérir des connaissances indispensables pour réussir. Il n'abordait jamais avec ses collègues des sujets oiseux qui n'apportaient rien au savoir, il communiquait avec eux dans l'espoir d'apprendre davantage sur son métier. Ses nombreuses occupations dévoraient tout son temps, matière précieuse pour des gens comme lui qui n'avaient que leur intelligence pour gagner leur vie.

Au bout d'une heure, Tila se versa une dernière tasse de café et se rendit au salon pour écouter les informations à la télévision. Avec un soupir, Yoyo quitta à son tour la salle à manger et s'étendit sur un des canapés, la nuque bien calée par un coussin.

Soudain, ils entendirent une voiture rouler sur le gravier de l'allée. Tila se dirigea immédiatement vers la fenêtre et écarta le rideau. Il vit son cousin Vala au moment où il mettait pied à terre et l'accueillit avec un sourire.

Le couple se réjouissait de le recevoir. La veille, Vala avait parlé de ses ennuis financiers à Yoyo. Cette dernière cherchait un moyen pour l'associer à son travail, mais avait promis d'en parler au préalable à son mari.

Elle travaillait chez Belezita depuis six mois. Cette boutique d'articles pour dames jouissait d'un succès qui ne se démentait pas. La croissance constante du chiffre d'affaires et des bénéfices était là pour justifier ses efforts et confirmer la justesse de ses vues.

Quand elle avait soumis à Belezita l'idée d'ouvrir une succursale de la boutique dans la propriété familiale de Koko, Tila n'avait pas apprécié, car il connaissait Valenta et Sisika. Il avait fallu à Yoyo des trésors de persévérance et de persuasion pour vaincre ses réticences. En fait, elle s'était vite rendu compte que l'opposition irréductible de son mari au projet venait de ce qu'il voulait lui éviter des ennuis avec Valenta et Sisika.

Yoyo lui avait alors fait valoir que Vala était tout à fait capable de la seconder et brûlait même d'impatience d'ouvrir une boutique chez Koko. C'était vrai, Tila le savait, mais il ne se résignait toujours pas à accepter ce qu'il considérait comme un risque. Inlassablement, Yoyo revenait à la charge sans laisser passer une occasion de lui démontrer, chiffres à l'appui, qu'une autre boutique d'articles pour dames serait une source considérable de profits et contribuerait à aider financièrement toute la famille : elle avait fini par l'emporter.

Un après-midi, Vala se rendit à la boutique pour rencontrer Yoyo. Avec un large sourire, il posa son sac et serra la main de la jeune femme.

— Bonjour, Yoyo. Tu es plus éblouissante que jamais.

— Merci du compliment, Vala, dit-elle en lui rendant son sourire. Je suis si contente de te voir. Je t'ai attendu toute la matinée. Pourquoi es-tu aussi en retard ?

— Mais, il est à peine deux heures de l'après-midi. Et toi, tout va bien ? Quoi de neuf depuis l'autre jour ?

— Ça va, répondit-elle d'un ton évasif. Sauf que...

— Quoi donc ?

— Oh ! Rien, dit-elle avec un triste sourire. Rien d'important, sincèrement. Ce ne sera pas facile d'ouvrir une boutique dans la propriété familiale. C'est définitivement très risqué à cause de Valenta et Sisika qui pourraient en profiter pour prendre des articles à crédit et même pour emprunter quelquefois de l'argent.

— Mais au fait, remarqua Vala aussitôt, rien ne les empêcherait non plus d'y mettre du désordre.

— Non, reprit Yoyo, impossible. Tila devrait simplement s'imposer.

Un bref éclat de rire lui échappa.

— En effet, c'est plus facile à dire qu'à mettre en pratique, dit Vala.

Yoyo ne désirait que lui faire plaisir. C'est pourquoi elle consentit finalement à la réalisation de ce projet.

*

* *

Quelques semaines plus tard, un matin de bonne heure, Vala était encore occupé à disposer les articles sur les étagères quand il sursauta en entendant la porte de la boutique s'ouvrir, sans que personne ait frappé ni se soit annoncé au préalable.

– Sisika, quelle surprise ! s'écria-t-il.

– Alors, on a de belles choses à ce que je vois ? dit-elle d'un ton sarcastique en désignant un sac à main.

Vala s'abstint de relever son insolence. En guise de réponse, il fit une moue indifférente. Sisika saisit le sac à main et se mit à le regarder sur toutes ses coutures.

– Tu ne veux pas vraiment ce sac à main, insista Vala.

– Non, pas celui-ci.

– Quel genre de sac cherches-tu ? Nous disposons en ce moment de quelques sacs en cuir. Si tu as besoin de...

– J'ai déjà choisi celui-ci, mais je le prends à crédit, je réglerais cela à la fin du mois.

– Vraiment. C'est pourtant très cher, l'avertit Vala avec un sourire froid.

Et de fait, dix mois suffirent pour que ce que Tila avait prévu arrive. Des sommes considérables avaient été empruntées par Valenta et Sisika, qui prétendaient que cela faisait partie du loyer, et Vala, à son grand regret, dut finir par fermer la boutique.

*

* *

Maintenant, Tila avait l'impression d'avoir bien compris tous les méandres du comportement de la population de Kinshasa. Il disait souvent à Yoyo que rien ne pouvait plus le surprendre parce qu'il s'attendait toujours au pire. C'était oublier que la vie, toujours imprévisible, lui réserverait sans cesse de nouvelles surprises. Valenta et Sisika venaient de lui en donner la preuve.

Il disait parfois que certaines personnes étaient cruelles, ayant rarement conscience de blessures qu'elles pouvaient infliger par leur comportement irréfléchi. Il avait constaté que l'égoïsme était un défaut inhérent à de nombreux individus à Kinshasa.

En cette nouvelle année scolaire, Tila paraissait avoir abandonné ses principes et ne pouvait plus se passer de ses collègues de l'ENS de Kinshasa et de l'UPB qui avaient de nombreuses activités commerciales extra-professionnelles, comme la conduite de taxis ou même la gérance de bars.

Quant à Yoyo, elle était si occupée et si heureuse avec son magasin d'articles de luxe qu'elle n'avait parfois pas le temps de parler avec son mari.

Un fait expliquait l'ardeur qu'il montrait dans tout ce qu'il entreprenait, que ce soient ses cours à l'ENS de Kinshasa, ou à l'UPB et au lycée de Ndjili. Tila s'était laissé prendre comme de nombreux collègues par la politique, au point qu'un jour il reçut une invitation du gouverneur de la ville de Kinshasa de passer le voir.

Cette invitation se justifiait par le fait qu'une semaine auparavant, les militaires avaient dispersé, à coups de bombes lacrymogènes, une manifestation des membres du Groupement du Kongo qui avaient osé manifester à Seke Banza dans le Bas-Congo pour revendiquer des droits élémentaires tels que l'approvisionnment en eau potable et l'électricité. Le grand barrage d'Inga fournit en effet de l'électricité exclusivement pour les grandes villes.

Tila arrêta sa voiture dans la rue comprise entre le boulevard Kimwenza et la rue Yolo, devant le portail d'une grande propriété nouvellement construite sur un ancien terrain de basket. Le soldat de garde dut reconnaître le professeur Tila, car sans rien lui demander, il ouvrit la porte et le conduisit directement au salon donnant sur le jardin de M. André Tambwe, ancien directeur de la mobilisation et propagande du Parti-État, et depuis deux ans gouverneur de la ville de Kinshasa. Dix ans auparavant, il avait été l'élève de Tila. Le soldat de garde annonça en ouvrant la porte du salon :

– Le professeur Tila.

En entendant ce nom, clairement prononcé, Tambwe se leva.

– Monsieur Tila, mon professeur, vous êtes le bienvenu, dit-il tout en faisant signe à ses deux filles d'aller jouer au jardin.

Après avoir salué le gouverneur, une jeune femme portant deux pagnes de couleur verte et une blouse mauve, entra au salon.

– Va voir si le bureau est libre, lui dit-il et s'adressant à Tila :

– Il s'agit évidemment de vos relations avec le Groupement du Kongo.

L'entrevue se révélait donc nécessaire.

Le bureau du gouverneur était séparé du salon par une porte métallique et la vue donnait sur la piscine et le jardin de fleurs. Tambwe laissa Tila seul au salon pendant un moment, car il jugeait nécessaire de verrouiller la porte d'entrée, afin que personne ne pût y venir écouter. Il eut même la précaution de fermer la grande fenêtre de son bureau en souriant à ses filles qui jouaient au fond du jardin.

– Tenez, professeur, voilà ce que je dois vous communiquer, dit-il en lui montrant une note confidentielle des services de sécurité.

Puis il sortit du réfrigérateur des friandises et des fruits.

– Vous êtes bon pour la prison, professeur, dit-il d'une voix triste.

Tila le regarda d'un air étonné.

– Mangez donc, reprit le gouverneur brusquement, au lieu de me contempler.

Tila se mit alors à expliquer la philosophie du Groupement du Kongo :

– Le changement à introduire dans le Bas-Congo, dont les conditions naturelles sont favorables, mais avec une population en majorité pauvre, consiste à lutter contre les obstacles que l'on rencontre en essayant d'apporter d'autres genres de message. Le Groupement du Kongo les accepte pour ce qu'ils sont, de pauvres paysans, mais déterminés à mener une existence digne. Mais ces gens espèrent des réalisations plutôt que des discours.

L'avenir de cette région, continua-t-il, exige de mener bien des choses de front, même si on heurte bien des préjugés. Toutefois, il y a une violente opposition fomentée par ceux qui sont au pouvoir, désireux de préserver leurs propres intérêts.

La partie la plus difficile, poursuivit-il, consiste à faire accepter par la population un vaste plan d'amélioration. Le plus urgent est de tracer des routes convenables, afin que le paysan, au lieu de traîner coûteusement ses récoltes sur de mauvais sentiers, puisse les transporter facilement et puisse s'enrichir petit à petit. Ces idées sont trop simples pour constituer une réthorique, elles n'ont rien d'éclatant, elles sont tout simplement utiles. Mais tout cela prend du temps.

En recevant ce flot de paroles, le gouverneur reconnut le bien-fondé de ce mouvement.

— Ah ! c'est vraiment intéressant, s'exclama-t-il. En tout cas, j'apprécie ce que vous avez dit. Je ne pensais pas pouvoir un jour être d'accord avec vous. Néanmoins, je sais que, si vous continuez sur cette lancée, vous finirez par disparaître, car vous vous attaquez à une montagne.

Il lança sur son ancien professeur un regard à la fois amical et triste.

Tout, dans l'accent, dans les gestes et dans les regards du gouverneur, montrait son souci de protéger son maître, de lui sauver la vie, qui était menacée. Cet intérêt semblait être le résultat de l'influence que Tila avait exercée sur lui quand il avait été son professeur. C'était un sentiment de fidélité envers un homme qui l'avait beaucoup marqué durant ses années de lycée. Mais il s'agissait aussi de beaucoup d'autres choses.

Son interlocuteur avait présenté des arguments solides qui justifiaient son adhésion au Groupement du Kongo. Tambwe reconnaissait le bien-fondé de ce que disait Tila pour le développement du pays. Tiraillé d'un côté par les avantages de sa situation actuelle et d'autre part par son sens de l'honneur, Tambwe finit par dire à Tila qu'il allait l'aider à quitter le pays. Il avait déjà tout calculé.

Ils étaient en plein échange d'idées lorsqu'ils entendirent frapper à la porte métallique ; ils tressaillirent, car Tambwe avait donné de strictes consignes pour qu'ils ne soient pas dérangés. Il lui demanda de dissimuler les documents qui se trouvaient sur son bureau et alla ouvrir la porte.

Ce visiteur était le directeur du cabinet du gouverneur qui venait faire le compte-rendu de la mission qu'il avait effectuée en France avec le ministre de l'Intérieur. Un instant, le gouverneur avait songé à mettre Tila en contact avec lui, mais une idée terrible l'avait arrêté. Ce jeune homme était de la même province que le chef de l'État et il était convaincu qu'il avait conservé des liens étroits avec tous ceux qui combattaient les opposants. Après avoir terminé son rapport, le directeur de cabinet se tut.

– Ce n'est pas seulement pour me faire ce compte-rendu que vous êtes venu me voir, Monsieur le Directeur ? demanda Tambwe en souriant. Vous avez probablement encore d'autres choses à me dire ?

– Non, Monsieur, ce sera pour plus tard.

– Qu'attendez-vous ?

– Ne m'avez-vous pas dit, Monsieur le Gouverneur, que je devrais récupérer une lettre intimant l'ordre aux tenanciers des bars de cesser le bruit après onze heures du soir ?

– Oui, sans doute. J'ignorais que ces bars appartenaient, pour la plupart, aux dignitaires du régime.

– Et depuis que vous le savez, avez-vous changé d'avis ?

Le gouverneur essaya de soutenir son regard en direction du directeur de cabinet, puis il répondit :

– Voyons, Monsieur, je suis ravi d'avoir l'occasion d'approfondir cette question, mais vous savez mieux que personne que cette façon d'agir permet au système de fonctionner.

Le haut fonctionnaire se tut, et ce fut à son tour de baisser les yeux.

Tila commençait à comprendre ce que le gouverneur avait dit tout bas à son visiteur, mais il faisait semblant de n'avoir pas entendu.

Le gouverneur s'assit de nouveau à son bureau.

– Écoutez, professeur, dit-il, j'ai oublié de vous dire qu'un conseil des ministres se tiendra demain, et il semble que beaucoup de professeurs de l'Enseignement supérieur et universitaire bénéficieront de mesures individuelles.

Tila poussa un ouf de soulagement, car cette idée qu'il avait eue de soutenir une thèse de doctorat sur l'aménagement des espaces ruraux lui faisait craindre de ne pas vraiment faire partie du système.

– Vous êtes le point de mire de la société des intellectuels du Congo, professeur, et vous ne semblez pas comprendre.

– J'avoue, Monsieur le Gouverneur, que je ne vous suis guère.

– Professeur, vous avez la réputation d'être un travailleur acharné et vos contributions dans tout ce que vous faites aussi bien à l'ENS de Kinshasa, à l'UPB, au lycée de Ndjili que dans le Groupement du Kongo, sont connues des services de sécurité. Eh bien, professeur, supposez maintenant trois choses, toutes trois possibles : la première, c'est que vous soyez nommé directeur général de l'Enseignement supérieur et universitaire, la seconde, c'est que vous deveniez directeur général de l'Université pédagogique de Binza comme vous le souhaitez et la troisième, que vous soyez nommé conseiller du ministre de l'Enseignement supérieur et universitaire.

Tila se prit la tête dans les mains, puis après un moment de silence, demanda :

— Vous parlez comme si vous aviez des informations claires et précises sur ma personne.

— Ce qui est fait est fait, dit le gouverneur d'une voix sourde ; et si j'ai désiré vous voir, c'est que je suis au courant de bien des choses. Et il n'y en a qu'une chose qui puisse empêcher ce beau plan de réussir.

— Laquelle ?

— C'est que vous disiez « Non ».

Tila regarda le gouverneur avec l'étonnement d'un homme qui, à son tour, ne comprend plus, et demeura pensif. La situation commençait à se dessiner claire et précise à ses yeux, il comprenait maintenant la raison de l'invitation du gouverneur.

La pensée que cette nomination lui fournirait peut-être l'occasion d'enrichir son curriculum vitæ lui donna de l'espoir. Il répondit au gouverneur que quelle que soit la nomination, il accepterait volontiers. Il se leva et resta debout, une main sur le dossier de son fauteuil, on aurait cru un gamin qui va réciter une poésie. Cinq minutes plus tard, il prit congé poliment du gouverneur pour regagner son domicile.

Tila rentra chez lui en suivant la même route qu'il avait prise pour aller chez le gouverneur. Sur toute cette route nationale Kinshasa-Matadi, il vit des attroupements énormes aux arrêts des autobus et se permit de sourire sinistrement. Des hommes en uniforme arrêtaient et fouillaient les véhicules de transport en commun. Il voyait ces chauffeurs qui donnaient à leur visage l'expression la plus sévère qu'ils puissent trouver. Il pensait constamment aux propos du gouverneur.

Il n'y a plus de doute, se disait-il, *une nomination imminente est possible.*

– Ah ! Yoyo ! J'ai bien des choses à te dire, s'écria-t-il en entrant dans le salon.

– D'abord, de quoi s'agit-il ? demanda-t-elle. Ce n'est pas pour tes activités au sein du Groupement du Kongo, j'espère ? J'ai assez entendu parler de tueries comme cela depuis notre retour au pays, mon pauvre Tila !

– J'ai pris la liberté d'exprimer mes opinions, comme bon me semble. D'abord, et avant tout, je te prie de te souvenir que le Congo appartient à tous les Congolais ; ce qui sous-entend que les responsabilités peuvent être exercées par n'importe quel Congolais.

– Donc il y a du nouveau ? demanda-t-elle en fixant sur lui un regard intéressé.

– Tout n'est-il pas nouveau depuis notre retour ? Oh ! je parle des responsabilités administratives, moi.

– Pauvre ami ! Et c'est vraiment nécessaire ?

– Absolument. Cependant il faudrait que nous puissions discuter de toutes ces choses-là, peut-être que demain notre manière d'appréhender la réalité pourrait se trouver modifiée.

Yoyo, toute heureuse, rentra dans la chambre et laissa la porte entrebâillée. Tila alla travailler sur son ordinateur, jetant de temps à autre un coup d'œil à la télévision, espérant que l'on annoncerait bientôt la date du prochain conseil des ministres, ce qui arriva quelques minutes plus tard.

Il appela Yoyo qui jouait avec leur fils pour lui dire qu'il avait très faim. Ils prirent leur repas du soir ensemble. Lorsqu'ils eurent achevé leur souper, Tila étendit les jambes, appuya son coude sur la table, et dégusta deux verres de jus de pomme.

– Va te coucher maintenant, dit Yoyo à Fed.

Dans la soirée, quand les deux époux furent seuls, Tila songea avec quelque embarras comment il se comporterait avec les autres membres du Groupement du Kongo au cas où il obtiendrait une nomination au ministère de l'Enseignement supérieur et universitaire. Il pensait alors que chacune de ses paroles deviendrait compromettante.

Le lendemain soir, Tila et Yoyo entendirent dans le journal télévisé le ministre de l'Information, porte-parole du gouvernement, annoncer les mesures individuelles. Tila était nommé conseiller culturel du ministre de l'Enseignement supérieur et universitaire. Plus émerveillé que jamais de tout ce qu'il voyait et de tout ce qu'il entendait, regardait Yoyo, qui ne se sentait plus de joie. Il tira tranquillement un papier de sa poche et nota quelques informations indispensables à son nouveau poste. Yoyo était devenue loquace. Elle se mit à tout organiser, à faire des projets, sautant d'une idée à une autre. Tout de suite, elle avait une conscience aiguë de la bonne nouvelle vie. Elle voulait se lever et l'annoncer à la terre entière. Pendant ce temps, Tila réfléchissait à cette nouvelle situation.

Quelques jours après sa nomination, il se rendit un après-midi au cabinet du ministre de l'Enseignement supérieur et universitaire, rue du Voyageur. Il constata que la salle d'attente était vide, à l'exception d'un huissier qui se promenait et qui de son côté paraissait attendre.

Déjà, le soir commençait à faire tomber de larges ombres du haut des voûtes, quand il vit un homme d'une trentaine d'années qui venait vers lui.

— Eh bien, Monsieur Tila, voici une belle occasion d'utiliser vos arguments sur la vertu et de prouver vos compétences sur des projets de la réforme de l'Enseignement supérieur et universitaire.

— Ah ça ! Vous me connaissez donc ? s'exclama Tila stupéfait.

— Mon cher, oui ! répondit le conseiller principal, l'huissier vient de me l'apprendre.

À ce moment-là, l'issue de la galerie qui aboutissait chez le ministre s'ouvrit, un pas retentit et ils virent le ministre s'approcher. Celui-ci regarda les deux jeunes gens et leur fit signe de le suivre. Dix minutes après, la porte d'un couloir s'ouvrit, et une secrétaire s'avança vers Tila :

— C'est bien vous qui êtes le nouveau conseiller culturel du ministre ?

— C'est moi-même.

— Écoutez. Son excellence vous fait dire qu'il ne peut vous recevoir en ce moment ; mais peut-être dans vingt minutes.

— Merci.

— Entre-temps, Monsieur le Conseiller, je dois vous conduire jusqu'à son bureau.

En entrant dans le bureau du ministre, la première silhouette qu'aperçut Tila fut celle d'un soldat de garde armé.

— Oh ! oh ! intervint ce dernier en commençant à fouiller Tila. Laissez votre cartable sur la petite table.

Quelque temps après, Tila s'assit près d'une table, le coude posé sur son porte-documents, et la tête appuyée sur sa main encore remarquablement belle.

Tout à coup, au moment où il lisait une publicité sur les livres de pédagogie universitaire publiés récemment, le ministre apparut, lui faisant signe de le suivre. Tila attendit que la secrétaire l'accompagne.

Le bureau du ministre était tranquille. Toutes les fenêtres étaient fermées et un grand lustre brillait au-dessus du vaste bureau.

Le ministre était assis dans un grand fauteuil, ses deux mains posées sur les accoudoirs et la tête penchée sur la poitrine. Quand Tila, accompagné de la secrétaire, entra dans le bureau, il releva la tête.

— Bonsoir, Monsieur le Conseiller, dit-il. Vous êtes satisfait de votre nomination, n'est-ce pas ?

— J'en suis très honoré et vous en remercie vivement.

Tila venait de réaliser l'immense tâche qui l'attendait face à ses convictions quelque peu déconnectées de la réalité. Ce fut une brève rencontre, mais pleine de sens. Rentré chez lui, il chercha vainement à deviner quelques mots que le ministre avait prononcés tout bas, et qui avaient mis fin à l'entretien.

Il employa une partie de la nuit à préparer ses cours. Il continuait en effet à enseigner à l'ENS de Kinshasa.

En rentrant dans la chambre à coucher, il trouva son épouse profondément endormie. Il referma la porte et s'allongea sans bruit sur le lit.

Le nouveau conseiller se leva de bonne heure le matin, car il devrait rencontrer le secrétaire académique de l'ENS de Kinshasa pour lui faire part de sa nouvelle situation. Il savait dorénavant qu'il aurait des semaines très chargées, une surcharge de travail à la puissance dix.

Arrivé à l'ENS de Kinshasa, tout souriant, il se rendit au bureau de Lume, le secrétaire académique, et y trouva aussi Kapita, l'huissier.

– Vous voici, professeur ! dit le secrétaire académique d'un air qui indiquait qu'il était fier de cette nomination.

Tout en le félicitant, il lui serrait la main, puis se retournant vers l'huissier, il lui dit :

– Kapita, l'ENS de Kinshasa aura désormais sa voix au ministère.

Il y eut un moment de silence au cours duquel Lume cherchait comment redistribuer les cours au Département de géographie. Il finit par dire à Tila de garder trois cours au lieu de cinq comme auparavant.

– J'accepte volontiers toutes vos propositions, répliqua Tila, mais en attendant, je continuerai à donner tous mes cours.

– Certainement, l'important est d'éviter toute précipitation, le rassura Lume en tournant les yeux vers la grille des heures de cours du Département de géographie.

Puis Tila se rendit à la bibliothèque pour préparer ses cours. Un autre collègue, Mbate, s'y trouvait et le voyant rentrer, vint vers lui pour le féliciter. Tila, ému, le laissa exprimer toute sa pensée sur les contradictions caractéristiques du pays :

— Voici, Tila, dit Mbate en hésitant ; au ministère, la règle consiste à obéir aux ordres du patron. Mais les gens sont heureux d'être nommés, n'est-ce pas ?

— C'est vrai, c'est une manière de s'éloigner du besoin.

— Cela veut dire que les aspirations du peuple trouvent peu de place. Vous avez la possibilité de voir le ministre, vous pouvez toujours donner un avis, même si cela ennuie quelquefois.

— Oui, peut-être.

— Allez-y ; ce sera un bon exemple, et demain vous m'en donnerez des nouvelles.

Tila était devenu moins loquace. Il sourit et demanda à son collègue de le laisser finir son travail. Il sortit du sac ses fiches de préparation, mais resta pensif quant à sa nouvelle fonction. Il savait que cette nomination lui permettrait de gagner un peu plus d'argent. Désormais, il devrait apprendre à se taire, à éviter de parler constamment des aspirations du peuple et de donner des avis susceptibles d'agacer ses supérieurs. Mais sa situation actuelle avait un impact sur son curriculum vitæ.

À ce moment-là, Kapinga, la secrétaire administrative, entra dans la bibliothèque. Tila fit un geste si expressif en l'apercevant, qu'en voyant l'étonnement qui se peignait sur son visage, il continua à la fixer. La jeune femme s'approcha et ne put dissimuler ses émotions. Pendant quelques minutes, Tila la regardait sans dire un mot, il avait compris sa réaction.

– Ah ! s'exclama-t-elle, vous êtes monté en grade et vous évitez de passer à mon bureau.

– Oh ! c'est vrai ! dit-il, je savais que vous étiez au courant, mais je cherchais une occasion pour venir vous en parler.

– Félicitations, Monsieur, bien répondu. Cette nouvelle année académique commence sous de bons auspices. Montrez à vos collègues que vous avez mérité cette nomination. Nous serons toujours à l'écoute de vos conseils. Allez, Monsieur, vous avez tout mon soutien.

Tila accompagna la jeune femme à son bureau pour aller récupérer un document concernant sa situation salariale.

Elle lui confia que l'administration avait été contactée pour établir un bulletin d'information le concernant. Puis le regardant fixement dans les yeux, elle ajouta :

– Vous faites maintenant partie du régime. Vous pouvez garder vos convictions politiques, mais faites attention à ce qui pourrait éviter de vous anéantir.

Elle lui tendit une lettre provenant de la Fonction publique dont elle se contenta de regarder l'adresse :

– Cette lettre vous promet sûrement un bel avenir.

Tila l'ouvrit immédiatement pour voir si c'était bien celle qu'il attendait et poussa une exclamation de joie.

– Eh bien, Monsieur, demanda-t-elle quand il eut fini de lire, êtes-vous satisfait maintenant ?

– Certainement. Puisque ma situation salariale s'est

régularisée, je dois remplir mes fonctions avec courage et détermination.

– Je vous félicite plus que jamais. Le pays a besoin de vos contributions. Mettez-vous à l'œuvre pour mériter la confiance de vos chefs hiérarchiques.

Il secoua gaiement la tête.

Il était à peine sorti du bureau de la jeune femme que deux étudiants, tout souriants, s'approchèrent de lui pour le saluer poliment et le féliciter. Ils cachaient difficilement leur émotion en face du nouveau conseiller culturel. L'un d'eux, à la physionomie ouverte et joyeuse, lui demanda :

– Monsieur le Professeur, nous avons appris votre nomination comme conseiller culturel. Vous n'allez pas nous abandonner pour vos nouvelles fonctions ?

– Non, ce matin, je suis allé voir le secrétaire académique pour évoquer le problème de la redistribution des cours. Entre-temps, je dois continuer à enseigner dans cet établissement, cela pour poursuivre ma carrière. Les nominations politiques sont passagères.

– Sans doute, Monsieur.

– Je sais combien le terrain est semé de dangereux abîmes ; or je suis jeune, et, quoique je n'aie jamais nui à quiconque que ce soit, j'ai bon nombre de jaloux.

– Oh ! Monsieur, ce n'est pas possible.

– Je veux m'assurer que mes espérances sont fondées. Il est certain que ma nomination n'est pas un piège. Je voudrais qu'il y ait des gens qui puissent percevoir l'avenir de façon optimiste. J'ose vous dire que je ne suis pas dupe de la situation réelle dans notre pays.

– Monsieur ! s'écria un des étudiants.

– Eh bien, qu'y a-t-il ? demanda-t-il, souriant à son tour.

– Il y a, Monsieur, que de pareils discours sont bien dangereux.

– Non, pas quand nous sommes entre nous. Je vous disais donc...

Il voulut arrêter chaque parole, mais il continua avec son apparente bonhomie :

– Je vous disais donc que j'étais menacé du fait de mon appartenance au Groupement du Kongo. Je sentais cela instinctivement. Eh bien, au lieu des menaces qui n'allaient pas tarder de devenir des réalités, je me retrouve aujourd'hui conseiller culturel.

– Oui, reprit un des étudiants, vous êtes apprécié par vos chefs hiérarchiques ; oui vous êtes apprécié par vos collègues ; et de plus vous êtes apprécié par les étudiants. Eh bien, qu'y a-t-il donc d'étonnant que tout le monde vous apprécie ? Ceux que je viens de nommer vous connaissent bien.

Tila serra la main des jeunes gens et se dirigea vers sa voiture, garée à une bonne distance, pour rentrer chez lui.

Il trouva son épouse dans la cuisine, ce qui lui fit plaisir, car il avait vraiment faim.

– Ah ! as-tu entendu les nouvelles ? dit-elle.

– Allons, allons, Yoyo, dit-il en secouant la tête.

Elle fronça le sourcil.

– Tila, j'ai entendu à la radio que les tractations sont en cours pour annuler les trois dernières promotions à la faculté de médecine de l'Université de Kimwenza.

D'après le rectorat, depuis trois ans, les professeurs dans cette faculté n'achèvent pas entièrement leurs programmes de cours. En tant que conseiller culturel, tu as du pain sur la planche.

— Bon ! lui confia son mari avec un demi-sourire, plus il y aura des problèmes concernant la population, plus nous aurons des raisons de justifier notre travail.

— En attends-tu beaucoup ?

— Certainement, Yoyo, comme tu vois.

— Et moi, dit la jeune femme avec un sourire moqueur, je jouerai toujours le même rôle, passer mon temps à la cuisine après avoir géré la boutique.

— L'important pour toi, c'est de conserver la confiance de Belezita ; et à ce propos je me rappelle ce qu'elle a dit la semaine dernière quand je suis allé leur rendre visite : « Figure-toi, m'a-t-elle confié, que tous les soirs, quand je vérifie les comptes, je découvre que le chiffre d'affaires est en augmentation. »

— Je connais ça, moi, répondit Yoyo, en écrasant un moustique qui passait par-là.

Tila haussa les épaules.

— Ne me demande rien, dit-il. J'aurai un de ces jours une conversation avec Belezita et son mari à propos d'une aide financière pour peindre l'intérieur de la maison.

Et il se remit à siffler tranquillement son air favori.

VIII

Tila se rendit au ministère de l'Enseignement supérieur et universitaire, rue du Voyageur. C'était un immeuble de trois étages s'élevant au fond d'une cour intérieure pour stationner les voitures. Un mur ouvert par un portail et par deux petites portes clôturait cette cour. Lorsqu'il quitta sa voiture, un homme s'approcha de Tila et lui dit :

— Bonjour, Monsieur, êtes-vous le nouveau conseiller culturel ?

— Oui en effet, c'est bien moi, répondit Tila avec courtoisie.

Puis l'homme disparut. Tila regarda autour de lui et rentra dans l'immeuble. Il suivit un couloir. Il frappa à une porte et appela sans que personne ne répondît. Le plus profond silence régnait dans cette partie du ministère.

Il appela encore, mais sans obtenir un meilleur résultat. Il décida de prendre un autre couloir. Soudain, la porte opposée à celle par laquelle il était entré s'ouvrit sur une grande pièce où se trouvaient déjà cinq personnes.

— Que désirez-vous, Monsieur ? demanda aimablement une jeune femme.

— Madame, j'ai été nommé la semaine dernière conseiller culturel et c'est à ce titre que je viens à la réunion ministérielle de ce matin.

— Vous y êtes bien, monsieur. Nous sommes vos collègues, dit-elle en souriant. Je vous en prie, joignez-vous à nous, car le ministre va arriver dans quelques instants.

Tila salua les autres conseillers et s'assit. Il commença à étudier l'expression de leur visage. Certains souriaient, d'autres étaient maussades, d'autres encore avaient l'air très réservé. Il prit un document posé devant lui et se mit à le feuilleter.

Quelques instants plus tard, le ministre entra dans la salle de réunion et la porte se referma derrière lui. Il salua l'assistance qui s'était levée à sa vue. Tila comprit, tout à coup, que dans ce milieu, on est tenu de faire des politesses à ses supérieurs, même si on ne partage pas toujours complètement leurs opinions.

— J'espère que nous connaissons tous les principaux points à l'ordre du jour de cette réunion, dit le ministre en regardant fixement chaque conseiller. Mais avant tout, je demanderais à chacun de vous de se présenter.

Le ministre écoutait en suivant des yeux chaque conseiller s'exprimer librement, joignant à leurs paroles flatteuses un air satisfait. Il paraissait s'intéresser profondément à ce qu'ils disaient. Tout le monde souriait quand le ministre prenait la parole. Lorsqu'il annonça la fin de la réunion, Tila réalisa qu'il venait de passer six heures dans ce lieu.

Immédiatement après, une hôtesse apparut à la porte et d'un geste de la main, invita toute l'assistance à monter au premier étage pour un dîner. Elle conduisit le groupe jusqu'au restaurant. Tila s'assit dans un fauteuil et en attendant le repas, croqua quelques cacahuètes et but avec délice le jus d'ananas glacé.

– Ça m'a fait du bien, dit-il à la personne qui était à côté de lui.

Le repas était composé de poisson frit et de pâtes. Tila regardait ses collègues d'une certaine manière, c'était la première fois qu'il était invité à ce genre de rencontre. Après avoir pris congé du groupe, il sortit et monta dans sa voiture. La pluie tombait à torrent et il avançait prudemment sur la chaussée glissante. Il se sentait nerveux, lorsqu'arrivé à une station d'essence, il appela au téléphone son épouse, ce qui n'était pas étonnant car il était complètement épuisé.

– J'ai écouté ce que disaient mes collègues. Je me demande si je dois réellement accepter cette nomination, dit-il en s'adressant à Yoyo.

*
* *

Il décida cependant d'aller régulièrement au ministère, un milieu d'intrigues et de conspirations. Ses collègues pouvaient et savaient tout effacer par un sourire. Ils s'interrogeaient, commentaient, amplifiaient, se querellaient, mais ils finissaient toujours par s'entendre. Son succès dans ce brillant milieu lui valut, un mois après sa nomination, une mission de travail à l'École normale supérieure de Mbanza-Ngungu, une ville située à environ 200 kilomètres de Kinshasa.

Il partit en empruntant l'unique route goudronnée qui relie Kinshasa à Matadi. Le beau temps se maintenait, le matin était ensoleillé. Très détendu, il roulait dans un paysage verdoyant. Trois heures lui suffirent pour arriver à destination, malgré de multiples arrêts.

La ville de Mbanza-Ngungu avait bourgeonné à l'époque coloniale en prenant en écharpe les flancs des collines qui dominent les plaines par où passe la route nationale. Depuis les années 1960, elle s'était étendue pour devenir une ville moyenne comme une couche de champignons au pied de cette structure schisto-gréseuse.

L'ENS de Mbanza-Ngungu avait été construite sur un terrain accidenté fait de collines en demi-oranges. L'entrée à colonnades était pourvue de grilles de fer. Le bâtiment principal abritant les services administratifs était une construction moderne. Il avait été érigé vers la fin des années 1970. Les salles de classes étaient éparpillées sur des terrains vallonnés.

Tila gara sa voiture et éteignit la radio. Des étudiants en tenue de ville se promenaient dans les allées, d'autres étaient assis sur des bancs peints en blanc. La brique rouge égayait tous les bâtiments. Le concierge lui indiqua le chemin de l'administration. Pour atteindre la porte de la direction générale, il emprunta de larges marches en grès usées. Dès son entrée, une employée lui dit :

– Si vous voulez des informations sur le contenu des cours des enseignants, vous devez aller voir monsieur Fataki, le secrétaire académique.

L'assistante de Fataki l'informa à son tour que son patron était disposé à le recevoir le lendemain de bonne heure. S'étant organisé pour passer deux nuits dans la ville, Tila prit une chambre d'hôtel derrière des eucalyptus qui entouraient un camp militaire. L'hôtel se trouvait à l'écart de la ville, aux abords de la route nationale. Depuis la fenêtre de sa chambre, il apercevait des cases de toutes dimensions avec leurs toitures de chaume sur la pente des collines. Les terres d'alentour formaient un tapis de champs labourés, semés ou en pleine récolte. Il resta longtemps à contempler ce paysage. Avant de s'endormir, il appela sa femme.

Le lendemain, le secrétaire académique le reçut dans son bureau. Un planisphère couvrait le mur qui faisait face à la porte d'entrée. La large fenêtre donnait sur un paysage de collines arrondies trouées par-ci par-là des champs de manioc et de bananiers. Fataki était installé dans un fauteuil de cuir coûteux, derrière son bureau très moderne où étaient entassés des dossiers. Depuis quelque temps, ce bureau ne le satisfaisait plus. Il rêvait d'un meuble ancien, avec de nombreux tiroirs secrets, avait-il confié à Tila dès le début de leur entretien. Il lui avait proposé une chaise et ils étaient assis tous les deux à la même hauteur.

— Vous êtes conseiller culturel ? demanda Fataki.

— Oui, répondit Tila.

— Bon, allons-y.

—Je dois rassembler les copies des contenus de cours de tous les enseignants pour le ministère, voilà la raison de ma mission.

Fataki l'observait avec attention, sans mot dire. Mais à présent, il avait les yeux fixés vers la fenêtre et paraissait absorbé dans ses pensées. Il se massait le lobe de l'oreille avec la main gauche.

— Vous savez pourquoi je ne réponds pas ? dit-il.

— Non.

Tila lui lança un regard interrogateur.

— Ici les enseignants organisent les cours selon leur convenance.

Tila n'en revenait pas. Il lança à Fataki un regard d'hostilité intense. Il se sentait couvert de ridicule, car Fataki mentait, trichait. Il découvrait chez lui d'inquiétants symptômes d'inactivité.

— Dans les établissements d'enseignement supérieur et universitaire du Congo, les enseignants produisent le contenu de cours au début de chaque année académique. Comment vous y prenez-vous, ici ?

Fataki secoua la tête et fit semblant de ne pas comprendre. Après quelques minutes de silence, il demanda à son visiteur s'il voulait un jus d'orange, versa la boisson dans les deux verres, et ils burent ensemble.

Fataki avait été nommé secrétaire académique dix ans auparavant. Il était aussi membre du comité central du Parti au pouvoir. Il avait de la fortune ; il était même riche. Rien ne pouvait l'effrayer, mais Tila l'intimidait.

De retour à l'hôtel, Tila appela le conseiller principal au ministère et entendit sonner dans le vide. Puis le téléphone sonna au moment où il s'apprêtait à rédiger le rapport de sa mission. Il entendit la voix de son chef au bout du fil.

— Vous avez appelé tout à l'heure, dit le conseiller principal.

— Oui. Je suis content de vous avoir au bout du fil, Monsieur le Conseiller principal. J'ai beaucoup de choses à vous dire, mais préférablement pas au téléphone. Je voudrais beaucoup vous rencontrer à votre bureau. Serait-ce possible après-demain, en fin d'après-midi ?

– Certainement.

– Je préfère ne pas vous dire au téléphone comment fonctionne l'ENS de Mbanza-Ngungu.

– Monsieur Tila, vous êtes chargé d'une mission et vous vous êtes engagé à me faire le rapport de cette mission. Me suis-je clairement exprimé ?

– Très clairement, Monsieur, très clairement.

Il y eut un silence au bout du fil. Tila raccrocha doucement. Le lendemain matin, il décida d'aller rendre visite à son oncle Zanunga, un riche commerçant de la ville, vivant là depuis une vingtaine d'années. Mais il ne savait pas où il habitait. En roulant dans une rue bordée de manguiers, il arrêta la voiture devant un groupe d'enfants et leur posa la question. Les enfants commencèrent par se regarder les uns les autres, et par examiner l'étranger de l'air dont ils observent toutes les personnes qui viennent comme pour étaler leur richesse. Tout à coup, le plus courageux, le plus rieur du groupe, un garçon aux yeux vifs, qui seul portait des chaussures, s'écria :

– La maison de Zanunga est sur la colline.

Deux adolescents montèrent dans la voiture pour savourer le plaisir de se retrouver dans un véhicule. La route était caillouteuse, sinueuse, bordée de maisons construites au gré de la fantaisie des propriétaires. Là, une boulangerie s'avançait au milieu de la voie publique, ici, un restaurant s'y présentait de profil et la barrait en partie. Les toits de certaines maisons étaient en chaume, d'autres en tôles ondulées. Après un kilomètre de parcours, il aperçut en haut de la colline une avenue qui dominait la ville. C'est dans ce quartier que se trouvait la

maison de son oncle. De cet endroit, on pouvait admirer des maisons bien bâties dont les toits en tuile ou en
ardoise égayaient la ville. Il trouva facilement la maison
de son oncle et s'arrêta :

– Voici la porte de la maison de Zanunga, s'écria
joyeusement le jeune garçon.

Tila descendit de voiture, puis pensant que toute
peine mérite salaire, il tira quelques billets de francs
congolais de son porte-monnaie et les offrit à ses deux
passagers qui les prirent d'un air étonné. Ils ouvrirent de
grands yeux et le remercièrent. Ils restèrent là pour le voir
rentrer dans la cour.

À cet endroit, l'on se serait cru dans un quartier riche
de Kinshasa, où les vendeurs à la sauvette rôdent rarement. Il appuya sur la sonnerie fixée sur une grille en
bois noirci. La lourde porte, peinte en gris et garnie au
sommet de barreaux verts, était imposante. Elle avait
résisté de nombreuses années à l'action du soleil et de la
pluie. Son état témoignait de l'aisance matérielle de son
propriétaire. Zanunga était un homme méthodique et
soigneux et sa maison lui ressemblait.

Une jeune femme ouvrit le portail et le pria d'entrer
dans la cour remplie de fleurs pour y garer sa voiture.
Tila vit une autre femme, venue de l'intérieur de la maison sur la véranda, qui semblait l'attendre.

– Mon mari est allé à la banque, dit-elle. Si vous voulez l'attendre, vous pouvez venir dans la maison, il sera de
retour dans moins d'une heure.

Tila décida d'attendre le retour de Zanunga et entra
dans la maison où il espérait aussi pouvoir à travailler sur

le rapport de sa mission. L'intérieur de la maison était superbe et rendait l'atmosphère agréable. Le salon était garni de boiseries et peint en gris. Le mobilier comprenait des fauteuils de cuir, un buffet, des placards, des rideaux blancs aux fenêtres. La salle à manger présentait une table garnie d'une luxueuse nappe blanche. La vaisselle était en fine porcelaine.

Tila s'assit dans un fauteuil près de la porte-fenêtre donnant sur le jardin, pour se détendre et remémorer sa conversation avec le secrétaire académique de l'ENS. Le paysage qu'il découvrait dehors était apaisant. Dans ce quartier de Mbanza-Ngungu encore presque rural par endroits, il apercevait des cocotiers, des palmiers à huile ; devant la terrasse, une pelouse verdoyante bordée d'arbustes taillés. Au-delà, il distinguait un mur garni d'une grille en fer forgé donnant accès à un jardin potager qui était d'une paisible beauté. Le soleil brillait dans un ciel bleu tendre parsemé de petits nuages floconneux. Les rayons du soleil qui commençaient à décliner inondaient le salon tout entier. *Voilà ce qu'on pouvait faire quand on gagnait suffisamment d'argent. Comment Zanunga était-il arrivé à ce stade ?* Une fois de plus, Tila fut rempli d'un étonnement respectueux pour tant d'intelligence et d'énergie.

– Zanunga, Tila est là, dit son épouse en désignant de la main la voiture.

Au salon, Zanunga embrassa son neveu et donna des ordres à la bonne de mettre la table. Il y avait d'autres invités.

– Je n'ai pas besoin de connaître la raison de ta visite. Ne te dérange pas, tu es chez toi.

Ses yeux étaient plus persuasifs que jamais dans son visage clair. Il se délectait des compliments de son neveu. Il ne devait sa réussite qu'à lui-même. Dans cette ville, il était très admiré et on le consultait souvent. Tila était fier de son oncle.

Durant le dîner, les sujets de conversation furent très variés. Quand les invités avaient évoqué l'histoire du Kongo, Zanunga montrait ses insuffisances dans ce domaine. Ses informations étaient fragmentaires et il restait souvent les bras croisés, écoutant son neveu avec beaucoup d'intérêt.

Il était quatre heures de l'après-midi quand Tila fit démarrer sa voiture. Il avait décidé de passer par le massif de Bangu, sur les hauts plateaux, le long d'une route de terre. Il n'avait jamais traversé ces immenses étendues de schisto-gréseux rabotées par endroits. Tout en conduisant, il contemplait le massif avec ses différentes couches de roches. Dans un virage, il aperçut sous les arbres des antilopes broutant tranquillement.

Il s'arrêta à plusieurs reprises dans des villages où il put observer les conditions matérielles désastreuses des paysans. Dans un village, il avait même vu des enfants vêtus de haillons, avec d'énormes yeux sans gaieté, qui mendiaient. Quelques adultes avaient l'air famélique, comme si leur corps était raboté, et les os sur le point de traverser la chair. Dans un autre village, les femmes avaient les mains dures avec des articulations gonflées à force d'utiliser des outils agricoles, comme la houe ou la machette. Partout où il s'arrêtait, les gens lui parlaient de leur condition de vie, comme s'il était, lui, en mesure de faire quelque chose. Des personnes âgées présentaient parfois des têtes qui n'étaient plus que squelettiques.

Ces escales l'avaient épuisé. Une fois rentré chez lui, Tila se sentit déprimé ; il était surtout déçu par l'entrevue absurde qu'il avait eue avec Fataki. Cette mission dont il ne voyait pas vraiment l'utilité réelle, lui avait fait comprendre les vraies raisons de sa nomination. Maintenant, il savait qu'en exerçant cette fonction de conseiller culturel au ministère, il devrait rompre avec sa manière de concevoir les stratégies pour sortir le pays du sous-développement. *Pourquoi avait-il accepté cette nomination ?* se demandait-il à présent, non sans anxiété. *À cause de l'argent ? À cause de sa famille ?*

Et pourtant, il avait toujours voulu être à l'écoute des personnes abandonnées. Dès son retour au pays, au début des années quatre-vingt, il avait commencé à animer des conférences pour l'amélioration des conditions de vie des populations rurales. Durant ces rencontres, il écoutait les gens s'exprimer. Quand le Groupement du Kongo gagna la ville de Kinshasa en influence au début des années quatre-vingt dix, il fut recruté comme membre du bureau politique. Il était très en vue, et peu d'intellectuels du Bas-Congo l'étaient à l'époque, excepté les enseignants de l'école primaire et les infirmiers qui se débattaient pour leurs conditions de travail précaires. Il aimait les groupes de jeunes et les conversations à cœur ouvert. Il se sentait à l'aise dans toutes ces organisations communautaires qu'il avait fréquentées bien avant son départ pour la France. Il aimait rencontrer les gens parler de leurs problèmes et s'associer à leurs ennuis.

Maintenant qu'il avait accepté ce poste par patriotisme, il le regrettait déjà. *Il faudrait qu'un moment donné je puisse quitter ce pays,* ne cessait-il de se dire.

Le lendemain de son retour à Kinshasa, en fin d'après-midi comme convenu, il se rendit au bureau du conseiller principal avec son rapport de mission. Pendant leur entretien, ce dernier avait tiré sa chaise et s'était assis en face de lui. Il portait une chemise rayée. Le pli autour de la bouche indiquait l'ironie.

— Monsieur Tila, je vous dois une explication. Je sais que vous êtes intègre et compétent, mais certains responsables des établissements d'enseignement supérieur sont à l'abri de tout reproche. Ils sont fort puissants, et c'est précisément le cas du secrétaire académique de l'ENS de Mbanza-Ngungu. Cet homme fait partie de ceux qui savent nager sans se noyer et semblent alors conduire les événements, ce qui montre l'incurie caractérisant le pouvoir d'aujourd'hui, où l'on rencontre tant de médiocrités. Il possède tous les défauts requis pour sa place.

Tila secoua la tête.

— Vous savez que je le connais depuis de nombreuses années. Je ne peux pas dire que nous avons grandi ensemble. Mais nous étions liés, à l'Université de Kimwenza.

Le conseiller avait le sens de l'humour. Il recula sur son siège, retira ses lunettes et regarda tranquillement son interlocuteur.

— Vous savez certaines choses et vous pouvez en deviner d'autres, cela suffit.

— J'en ai assez de me faire manipuler. Je demande une franchise totale, s'exclama Tila.

Le conseiller commença par plisser les yeux, haussa les sourcils, puis poussa un gémissement et sourit :

– Mais, Monsieur Tila, vous avez accepté cette nomination sans poser trop de questions. Elle a une valeur monétaire. De plus, on vous verse une prime pour chaque réunion. Il vaut mieux garder votre poste. Prenez l'argent qu'on vous donne. Pensez à votre portefeuille. Un portefeuille, c'est l'ami auquel on recourt dans les mauvais moments, n'oubliez jamais cela !

– J'avais beaucoup réfléchi. Néanmoins, J'ai agi comme un gamin à qui on offre un jouet. Maintenant, j'ai peur d'avoir perdu mon temps. Qu'aurais-je pu faire d'autre ?

Il s'attendait à ce que le conseiller lui réclame le rapport de mission, mais ce dernier détourna la conversation et lui demanda plutôt des nouvelles de sa famille ; ils étaient cousins.

Tila avait une réponse cinglante sur le bout de la langue, mais il la ravala. Le conseiller continua à lui poser différentes questions, notamment ce qu'il savait sur la commande des voitures destinées aux professeurs. Il y eut un silence, puis la conversation reprit peu à peu. Ils parlèrent alors de la situation du Groupement du Kongo.

Le soir, en rentrant chez lui, Tila se demandait pourquoi il préférait ne pas dire à sa femme ce qu'il avait vu dans les villages. Yoyo était assise dans un divan et était en train de manger des sandwiches. Elle regarda son époux de biais, en souriant, mais en gardant le silence puis l'invita immédiatement à partager son petit repas.

– Dis, ne me regarde pas comme ça. Je sais parfaitement

que tu veux que je te parle de mon séjour à Mbanza-Ngungu. Je vais t'en parler, sois tranquille, en insistant sur des détails. Tu auras intérêt à m'écouter. Tu comprendras alors pourquoi je m'étais engagé au Groupement du Kongo.

Et Tila expliqua ce qui suit :

– À l'aller comme au retour, je me suis arrêté dans certains villages. L'affection des gens du Bas-Congo pour leurs chaumières est un fait inexplicable. Aussi insalubre que puisse être sa maison, un villageois s'y attache beaucoup plus qu'un banquier ne tient à son hôtel. C'est sûr que la force des sentiments est la raison de leur rareté. Chacun d'eux me disait la même chose : « Ah, Monsieur, vous les gens de la ville de Kinshasa, vous nous avez abandonnés. » Heureusement que le Groupement du Kongo reste actif, même si j'ai pris mes distances à cause de cette nomination. Au milieu de cette belle nature, les habitants croupissent dans la fange et vivent de tubercules, de pain de manioc, que la plupart d'entre eux portent dans de petits paniers à Madimba, à Kisantu ou aux environs et qui constituent les seuls produits desquels ils tirent quelque argent. Les plus actifs et les moins paresseux sèment des arachides pour la consommation des populations urbaines, quelquefois des ignames ou des patates douces, mais point de riz. Faute de chemins, ils transportent leurs denrées sur la tête. Pour aller au marché de Mbanza-Ngungu, à pied, il faut passer par un sentier situé en haut de la colline, la vallée étant impraticable. Ils mènent une vie très difficile et ne cherchent pas à trouver de solutions communes pour leur bien-être.

– Quelle richesse et quelle pauvreté, soupira Yoyo, en remerciant son mari par un regard affectueux de ce qu'il lui avait confié.

Le lendemain, Tila décida de rester chez lui. Il lui fallait préparer ses cours de biogéographie, de climatologie et de géomorphologie. Après cette journée éprouvante, il songea un moment aux réactions de ses étudiants. Il était satisfait par leur engouement, car ils participaient aux différentes activités du savoir. Mais il avait une certaine crainte de paraître à leurs yeux non comme un professeur chaleureux mais comme un grand-frère savant et rigoureux. De plus, il ne comprenait pas pourquoi la majorité des étudiants du Département étaient des jeunes gens. Il se demandait ce qui pouvait empêcher les jeunes filles de s'inscrire à cette filière. Il résolut d'en discuter sérieusement avec Kendi.

Le jour suivant, quand il eut terminé ses cours à l'UPB, il alla dans la salle d'attente du bureau du Département pour chercher son courrier. Il trouva seulement un avis d'abonnement du journal *Epanza* et son dernier exemplaire. Il les fourra dans son sac. Ensuite, il fit halte dans la réserve où les cartes de géographie étaient entreposées. Il y avait de la poussière partout et les toiles d'araignée s'étendaient sur tous les murs, car les balais et les produits d'entretien étaient le plus souvent emportés par les femmes de ménage, selon une habitude bien ancrée au pays.

Il se dirigeait vers le parking quand Kabe, son ami d'enfance, qui travaillait lui aussi à l'UPB comme chargé d'études, le prit par le bras et chuchota :

— Ça t'enchante, toi, d'aller assister à la Conférence de Tshipanga, à l'auditorium, sur la Problématique des enfants de rue à Kinshasa ?

— Pas du tout. Cela fait des années que ce problème traîne en longueur. Personne ne prend vraiment position. Pas de perspective d'une solution prochaine.

— Alors, laissons cela. J'ai quelque chose d'assez étonnant à te montrer.

Ils dévalèrent les marches d'escaliers jusqu'au parking où tous les deux avaient garé leur voiture. Tila aperçut une superbe voiture, basse et longue, tout en moteur, avec des sièges en cuir fauve dans une carrosserie bleu argent qui clignotait quand Kabe manipulait les clés.

— Qu'est-ce que c'est ? demanda-t-il.

— Ma dernière acquisition. Qu'en dis-tu ?

— Elle est très belle. Enfin, pour autant que je puisse en juger. Mais qu'as-tu fait de l'autre ?

— Vendue. Celle-ci, je l'ai depuis avant-hier. Une mécanique sensationnelle. J'en suis ravi. J'en rêve la nuit.

Kabe discourut avec une exaltation de lycéen, citant des performances de vitesse, d'endurance, d'accélération, de consommation, de freinage, si bien qu'à la fin Tila éclata de rire.

— Je n'y comprends rien.

— Tant pis ! Ça me fait du bien d'en parler.

— Au revoir, à la semaine prochaine.

En démarrant sa voiture – beaucoup plus ordinaire – pour se rendre au ministère pour prendre un ordre de mission pour les États-Unis, Tila se dit en lui-même que les gens riches ne savent pas les prix des choses. Arrivé au dit ministère, il apprit qu'il faisait partie d'un groupe de dix personnes, y compris le ministre, pour participer à un colloque sur la Pédagogie universitaire à Washington. Il fit ensuite un détour à la boutique prendre Yoyo, car elle lui avait dit en partant le matin qu'elle n'allait pas traîner à attendre les dernières clientes du soir.

— Que de changements, dit-il en arrivant à la boutique. Tu n'es plus dans le même bureau ?

— Non. J'ai pris celui de ma patronne.

— Et puis, vous avez agrandi la boutique, vous vous êtes modernisées, il me semble.

— Tu n'as encore rien vu, s'écria-t-elle avec fierté. Veux-tu faire un tour dans le magasin des stocks ? Juste un petit tour en cinq minutes. J'aimerais te montrer certains articles.

Elle le guida dans la réserve. Elle communiquait son allégresse à son mari. Elle parlait sans arrêt de leurs activités et des progrès réalisés dans les affaires et lui expliquait la comptabilité de la boutique.

Quand la voiture quitta la route nationale Kinshasa-Matadi pour déboucher sur l'embranchement de Binza, Tila ralentit et roula lentement jusque dans la propriété. Il regarda son épouse qui sourit.

— Pourquoi me regardes-tu comme ça ? demanda-t-elle.

— Quelle serait ta réaction si je me mettais à fréquenter monsieur Belama ? C'est un homme d'affaires très généreux, sauf qu'il aime trop le loisir.

— Tu fais ce que tu veux, tu es libre.

Il lui prit la main et répliqua :

– Libre, moi ? Comment peux-tu dire cela ? Tu sais qu'en aucune manière, je ne chercherais à te contrarier.

Il pensait qu'elle prendrait cet aveu de soumission pour un hommage, mais elle se rebiffa :

– Je t'en prie, Tila, à t'écouter, on croirait que c'est moi qui commande.

– N'est-ce pas un peu ce qui se passe ?

– Absolument pas. Peut-être que la plupart du temps, j'ai l'air de tout diriger, mais, en réalité, tu m'influences beaucoup. Combien de fois, au moment d'agir, me suis-je aperçue que c'était toi qui m'avais soufflé ma décision ?

– Enfin, Yoyo, comment peux-tu dire cela ?

– Ce n'est pas vrai ?

– Non.

Il la considéra avec étonnement. Un silence suivit puis les deux époux rentrèrent dans leur maison.

Elle riait comme pour lui ôter toute idée de revenir sur ce genre de discussion. Après avoir dîné, Tila déclara le repas sensationnel. Assis dans le salon, il parlait avec enthousiasme de sa prochaine mission de trois semaines aux États-Unis avec le ministre. Tout à coup, il se tut puis lui demanda comment elle allait s'y prendre pendant son absence.

– Il faut absolument que tu trouves le moyen de t'adapter.

Les deux époux échangèrent un sourire. Aussitôt, Yoyo écarquilla les yeux, redressa le buste :

– Quoi, je ne dormais pas, j'ai bien entendu, dit-elle.

Il était tard et Tila avait très envie d'aller se coucher. Il referma la porte, se laissa allonger sur le lit et soupira d'aise en songeant à cette journée mouvementée. Puis, comme pour s'assurer qu'il n'avait pas tort de se sentir heureux, alla sortir l'ordre de mission de sa serviette, et le relut avec délectation.

IX

LE LENDEMAIN MATIN, en arrivant à l'ENS de Kinshasa, il trouva dans la salle des professeurs une lettre d'invitation pour assister à un colloque à l'Institut supérieur des techniques de Douala, au Cameroun. Il s'agissait d'une rencontre scientifique sur les approches par les compétences qui était programmée pour l'année académique prochaine. Cette invitation, qui tombait presque en même temps que la mission aux États-Unis du ministère de l'Enseignement supérieur et universitaire, lui donna la mesure de sa réussite. Ce jour-là, après les cours, il se rendit au ministère solliciter une aide auprès du directeur de cabinet pour trouver le financement nécessaire aux travaux de la cuisine et de la salle de bains de sa maison.

– Que puis-je faire pour vous ? lui demanda le directeur après l'avoir salué.

– Je souhaiterais percevoir ma prime avant mon départ pour pouvoir achever ma maison. Ma femme pourrait superviser les travaux.

Le directeur hocha la tête en signe d'assentiment, mais demanda :

– Avez-vous des papiers qui prouvent que vous êtes bien propriétaire de la maison ?

– Oui, Monsieur le Directeur.

– Apportez-moi vos papiers, et n'en parlez à personne, pas même à votre femme. Allons, Professeur, la vie peut devenir belle pour vous, ajouta le directeur, séduit par l'extérieur fin et distingué de son interlocuteur. Vous serez informé de la décision du ministre en fin de semaine.

Tila, toujours courtois, lui répondit par un sourire qui traduisait son optimisme.

– Eh bien, espérons que votre dossier concernant une avance sur la prime aboutira rapidement, dit le directeur en hochant la tête.

En entendant cela, Tila comprit que l'espoir était permis. Rentrant chez lui, il trouva sa femme au salon qui l'attendait pour connaître la réponse concernant l'avance de la prime réservée aux conseillers. Il répondit de façon vague. Ses pensées étaient plus tournées sur ce qu'il allait peut-être découvrir aux États-Unis. Il s'imaginait les balades dans les rues de Washington, les visites dans des musées, les consultations dans des bibliothèques et les achats dans les magasins. Il était en forme. Il était réconforté. Il se sentait heureux.

– Ah, ce grand sourire ! qu'est-ce que cela signifie ?

– Eh bien ! s'écria-t-il en embrassant sa femme et leur fils Fed. Je viens de rencontrer le directeur de cabinet. Je crois bien que le dossier va aboutir.

– Mon cher, attention !

– Oh ! Yoyo, s'écria-t-il, quand elle eut fini d'expliquer toute la magouille qu'on trouve pour ce genre de démarches. Sois tranquille, le directeur de cabinet saura défendre ce dossier.

– Tiens, Tila, voilà ce que je t'apporte, dit-elle en plaçant trois mangues bien mûres sur une corbeille en osier.

Puis elle les éplucha avec précaution.

–Tu es bien bonne, Yoyo.

— Ça te rafraîchira. Tu t'échauffes le sang à travailler ainsi, tu n'es pas né pour un si dur métier.

Il la regarda d'un air étonné.

— Mange donc, reprit-elle brusquement, au lieu de me contempler comme si c'était la première fois que tu me voyais.

— Tu as de ces idées...

Yoyo, touchée par ses propos, ouvrit le frigidaire et prit une bouteille de limonade qu'elle plaça sur la table.

— Mon mari ! s'écria-t-elle. Je suis là pour m'intéresser à toi.

Elle partit prendre un ouvrage de cuisine dans sa chambre, et revint travailler au salon. Elle prenait des notes pour une recette qu'elle projetait de concocter à l'occasion de l'anniversaire de leur fils. Puis elle parla de la prochaine commande des parfums pour la boutique. Tila l'encourageait et lui fournissait des informations pour l'aider à développer son commerce.

— Jamais les gens qui s'adonnent au travail bien fait ne périssent quand ils apportent un certain fonds de patience, avait-il dit.

— Je ne suis qu'une pauvre femme, moi, une vendeuse dans une boutique de mode, et j'ai bien réussi à me créer une bonne réputation.

— Écoute-moi. Si tu veux travailler, continue à travailler dans la boutique. Comme je rentre tous les jours à trois heures de l'après-midi avant le retour de Fed de l'école, pendant mon séjour aux États-Unis, il faudrait demander à ta jeune sœur Lili de venir vivre ici. Fed ne pourra pas supporter tes absences prolongées. Tu pourras aussi t'arranger avec elle pour s'occuper des ouvriers qui effectueront des travaux dans la cuisine et la salle de bains.

Le lendemain, après ses cours à l'ENS de Kinshasa, Tila alla dans la salle des professeurs pour assister à une réunion. Kashala, le chef du Département, informa les collègues de Tila de son prochain voyage et des mesures à prendre afin d'éviter de perturber les heures de cours. Il leur annonça par la même occasion la nouvelle loi instituant l'année sabbatique pour les enseignants. Il leur remit aussi un document du ministère relatif aux droits et devoirs des enseignants.

Tila voyait maintenant sa carrière sous de bons auspices, aussi travaillait-il à ce moment-là comme dans sa jeunesse, afin de bien préparer sa mission pour le colloque de Washington. Deux jours plus tard, quand il reçut sa carte de membre de la Société des enseignants en pédagogie universitaire, il fut tout joyeux, et alla consulter monsieur Ropi, qui dirigeait depuis dix ans la recherche au ministère de l'Enseignement supérieur et universitaire. Son bureau se trouvait à côté de celui du ministre. Il avait vu passer plusieurs ministres. Dans la quarantaine, avocat de formation, intelligent, brillant, il traitait les dossiers avec une grande ouverture d'esprit et évitait à ses patrons de perdre du temps en hypothèses. Il posait toujours des questions.

Il avait un certain style et le sens des convenances. Il respectait les hiérarchies et appréciait le travail bien fait, il lisait entre les lignes. Il savait qu'il y avait un organigramme, avec des rôles précis, et le respectait. Et c'est ce qu'il avait toujours fait avec les différents ministres. Ses patrons l'y avaient encouragé.

— Le seul conseil que je peux vous donner, c'est de ne négliger aucun effort, dit avec insistance monsieur Ropi quand Tila se fut rendu dans son bureau.

— Excusez-moi, Monsieur le Directeur, répondit Tila. Je suis satisfait de ce que vous venez de dire. Je tâcherai de bien travailler pour mériter la confiance de mes supérieurs.

— Certainement, mais il vous faut travailler davantage, vous devez aimer ce que vous faites. Que voulez-vous ? Aujourd'hui, certains universitaires passent par des parents ou des amis pour obtenir un poste, même s'ils ne sont pas à la hauteur.

— Beaucoup d'universitaires qui ont pourtant la charge d'accompagner la renaissance de leur pays pèchent par orgueil et malhonnêteté. Beaucoup d'entre eux manquent de courage et se contentent de caresser le système mis en place et dès qu'ils reçoivent un poste de responsabilité public, ils deviennent méconnaissables et défendent des positions indignes de leurs références scientifiques, c'est mon opinion.

Tila espérait toujours une surprise quand il se rendait au ministère. Enfin le grand jour arriva. Cinq jours après sa demande d'avance de prime, il reçut des mains de l'agent comptable un chèque de quatre mille dollars américains. Qui n'a pas, une fois dans sa vie, ressenti de l'émotion en pareille circonstance ? Chacun peut faire appel à ses souvenirs, et sourira, certes, en évoquant en lui de pareilles faveurs.

Tila se sentit l'énergie d'une locomotive traversant un tunnel. Yoyo, stupéfaite d'apprendre que le ministère avait remis un chèque de quatre mille dollars américains à son mari, fut toute heureuse. Il fit cesser l'étonnement de sa femme en disant simplement :

— Yoyo, voici le chèque que j'attendais, ainsi notre souhait a été exaucé. Peut-être devrions-nous maintenant nous organiser pour éviter de connaître encore des moments difficiles. Tu pourras superviser les travaux d'achèvement, comme cela, nous pourrons louer une partie de notre maison.

— Ah ! tu as bien fait, dit-elle en interrompant son mari et en embrassant ses mains.

Cette conversation mettait fin aux craintes de Yoyo. La jeune femme sauta au cou de son mari.

— Quel bonheur de pouvoir te montrer de nouveau combien je t'aime ! s'écria-t-elle, et quel homme de ressources tu es !

— Nous recevrons la semaine prochaine Koko pour dîner. Puisque le voyage aura lieu dans trois semaines, nous avons le temps de régler les petites affaires.

— Je te ferai faire des économies.

— Ah ! tu es la perle des femmes.

— C'est pourquoi tu m'as épousée.

Yoyo ne savait pas cacher sa joie lorsqu'elle se rendit au travail le lendemain de la réception du chèque. Elle fut soumise à cet examen attentif que redoutent tant les femmes. Belezita en voyant sa joie, lui posa sans cesse des questions, mais Yoyo ne donnait que des réponses évasives. Le soir, en quittant la boutique, elle monta dans sa voiture et resta pensive. Sa patronne continuait à lui poser des questions et finit par lui dire :

— Ma présence te rend bien songeuse aujourd'hui, Yoyo, dit-elle en l'attirant vers elle, comme elle était assise sur le siège du passager.

Yoyo garda le silence.

*

* *

Les jours passèrent assez vite jusqu'à ce que les membres de la mission pour les États-Unis se retrouvent à l'aéroport de Ndjili. Ils étaient au total dix personnes, et les formalités du voyage s'effectuèrent sans encombre, la présence du ministre de l'Enseignement supérieur et universitaire y étant probablement pour quelque chose.

Le Boeing volait depuis trois heures quand le ministre fit signe à Tila de venir s'asseoir à ses côtés et lui demanda en souriant :

— Avez-vous fait la réservation de l'Hôtel ?

— Oui, tout va bien.

Monsieur le ministre semble m'apprécier ! Mes craintes sont donc ridicules, se dit Tila.

Il l'écoutait avec une grande admiration lui parler des programmes à mettre en place pour renforcer la pédagogie universitaire dans l'enseignement supérieur et universitaire. Par moments, il voyait de ravissants boutons sur la chemise étincelante de blancheur de son interlocuteur et réfléchissait aussi à des contacts qu'il devrait prendre.

En se penchant légèrement en avant, il regarda à travers le hublot : le paysage apparaissait de biais, l'horizon basculait. Comme l'avion volait à son altitude de croisière, il s'apaisa. Son attaché-case était entrouvert. Il le ramassa et ajusta la fermeture métallique.

Le vol entre Kinshasa et Washington devait durer huit heures. Un moment, une hôtesse arrêta son chariot près de son siège et lui demanda :

–Vous prenez quelque chose ?

–Volontiers.

– Que désirez-vous, Monsieur ?

– Un verre d'eau, s'il vous plaît.

On lui offrit aussi des amuse-gueule.

Le ministre quant à lui demanda du champagne.

Dans l'avion, le temps devenait un espace irréel. Tila se laissa absorber par les événements du passé. Il arpenta l'allée. Les membres de la délégation l'observaient en coin.

Tila regagna son siège. Une hôtesse lui tendit une corbeille de bouchées au chocolat, enveloppées dans du papier argenté.

Il retira de son sac la carte de Washington et sa région et eut l'impression que l'avion avait à peine décollé de Kinshasa. Le commandant annonça la descente vers Washington et demanda qu'on attache les ceintures. Cette annonce fut suivie d'une mélodie musicale.

Il commençait à pleuvoir sur Washington quand le Boeing amorça son atterrissage. Une pluie fine dans cette matinée montrait combien était différent le temps entre ces deux villes.

L'avion était sur le tarmac depuis quelques minutes quand soudain la porte s'ouvrit. En quittant l'appareil, les voyageurs s'engagèrent dans un couloir interminable chevauchant des niveaux différents qui conduisait jusqu'à la salle des arrivées et à la réception des bagages. En dehors du personnel habituel qui filtrait et aidait les premiers pas des passagers, Tila aperçut trois hommes portant des macarons qui les attendaient.

Dans l'immense salle de bagages de l'aéroport, le numéro du tapis sur lequel arrivaient les valises en provenance de Kinshasa était indiqué. Tila prit un chariot. Il regarda les valises défiler, saisit la sienne et la posa sur la petite plate-forme roulante.

— Peut-on savoir où allons-nous ? lui demanda un des membres de la délégation.

Tila eut une courte hésitation. Il lui sourit gentiment, lui montra sur la carte de la ville le chemin qu'ils devaient suivre pour arriver à l'Hôtel Sheraton, le lieu du colloque.

— Puis-je dire quelque chose ? demanda encore son collègue.

— Vas-y.

— Supposons que le ministre décide de nous donner des consignes pour parler tous d'une même voix, quelle serait ta réaction ?

— Pourquoi me poses-tu cette question ? Ta préoccupation mérite peut-être une attention particulière, mais je tâcherai de donner mon point de vue. Je sais bien qu'il est particulièrement risqué d'être parfois sincère, mais qu'à cela ne tienne. Quand on discute sur des sujets importants, il peut arriver qu'on soit en désaccord avec les autres collègues, mais on doit défendre ses idées, on travaille pour améliorer les choses. On doit apprendre à jouir des libertés fondamentales Le thème du colloque nous concerne au plus haut point.

— Oui, marmonna le jeune homme. J'admets ce raisonnement comme valable.

Tila ne put s'empêcher de sourire.

—Tu ne m'as pas laissé finir, ajouta-t-il. Si nous nous alignons aux seules idées du ministre, cela pourrait être un fiasco. Nous devons apprendre à participer à des débats contradictoires pour asseoir la démocratie. Nous sommes ici pour le colloque et nous devons en profiter pour développer des échanges avec les gens de l'extérieur. Au Congo, certains cadres qui sont sortis des universités prestigieuses d'Amérique du Nord se résignent à se taire même quand les choses ne marchent pas. Ils viennent parfois en mission uniquement pour faire du tourisme.

Cette fois, il n'y avait aucun doute. Tila était venu aux États-Unis parce qu'il avait des choses à dire, mais aussi parce qu'il souhaitait s'informer. Il avait des obligations professionnelles à honorer.

Les membres de la délégation montèrent dans un minibus rutilant équipé de gadgets comme un beau jouet ultramoderne et coûteux. Le chauffeur tourna la clé de contact, actionna quelques secondes le démarreur, puis laissa ronfler doucement le moteur avant de déboucher sur l'autoroute sud. Une heure plus tard, il garait le minibus devant l'hôtel Sheraton.

Tila se dirigea vers une cabine téléphonique pour téléphoner à ses amis de Raleigh en Caroline du Nord. Puis il se joignit aux autres membres de la délégation pour lesquels des chambres avaient été réservées au vingt-quatrième étage. Un peu plus tard, tous les membres de la délégation se rendirent au restaurant avec les autres invités de cette rencontre scientifique.

Le lendemain matin de bonne heure, Tila prit place

dans une luxueuse salle de réunion. Il était accompagné de ses trois collègues du ministère. Il régnait un silence particulier. Un certain nombre de délégués avaient déjà pris place dans des fauteuils confortables et portaient des macarons sur lesquels était inscrit leur nom. Pendant les pauses, l'attention de Tila fut absorbée par des revues scientifiques dont certaines contenaient des informations sur les centres de recherche de pédagogie universitaire. Le premier jour, il suivit avec intérêt les présentations concernant les expériences de pédagogie universitaire en Amérique du Nord et en Europe. Il attendit le jour suivant pour choisir un atelier.

Dans les discussions en atelier, Tila évoqua des situations concrètes vécues dans les institutions supérieures et les universités du Congo. De nombreux participants frissonnaient lors des séances de projections des diapositives. Certains soupiraient, d'autres demandaient anxieusement :

— Comment vous y prenez vous ?

— Je ne peux pas encore me l'expliquer, mais ce sont là nos conditions de travail. L'État verse de l'argent. Seulement, les chefs essayent de récupérer les fonds ou tout au moins une grosse partie pour leurs besoins personnels. Malheureusement, pour l'instant, nous sommes obligés de travailler en bonne entente et de faire comme si aucun problème ne se posait. Il y a trop de difficultés, mais on ne baisse pas les bras.

— Pourquoi continuez-vous avec le même élan ? demanda un participant.

— Chacun protège son poste, répondit Tila.

– Quelle est la situation sur place ? demanda un autre participant.

Tila se ménagea un temps de silence pour bien apprécier la question, puis répondit :

– Sur place, on voit mal la situation. C'est hors du territoire qu'on se rend compte du désastre.

Il avait bien préparé cette mission en apportant notamment des documents audiovisuels et des données chiffrées sur les conditions de travail dans les universités au Congo. Les articles et les revues de pédagogie universitaire trouvés sur place lui avaient procuré des informations supplémentaires, même si celles-ci traitaient surtout des problèmes des pays développés. Le débat pour savoir si on assistait ou non à une réduction des taux d'échecs dans les pays pauvres avait été très enrichissant. Pour certains experts, les chiffres s'expliquaient tout simplement par l'utilisation de nouvelles techniques de l'information. D'autres considéraient qu'il devait y avoir d'autres facteurs, dont le décrochage dû au chômage des diplômés universitaires. Les données congolaises semblaient indiquer une tendance constante à la hausse des échecs. Tila fut suffisamment renseigné sur les réalités en cette matière durant les cinq jours que dura la rencontre.

Quelques membres de la délégation avaient des amis à Washington qui venaient les chercher à l'hôtel pour leur faire visiter la ville. Comme Tila était souvent avec eux, son temps lui permit de visiter les monuments célèbres tels que le Capitole où siège le Congrès des États-Unis. Un autre jour, ils allèrent au Lincoln Memorial, où se trouve l'impressionnante statue d'Abraham Lincoln. Un autre jour encore, ils admirèrent la plus haute construction de Washington, un obélisque haut de 186 mètres qui rend hommage à Georges Washington. Ils avaient pris l'ascenseur pour découvrir la ville vue de haut. Une autre fois, ce fut au tour du mémorial de la guerre du Vietnman, ce long mur noir de 150 mètres où sont gravés les noms des 58 156 Américains tués ou portés disparus durant cette guerre, et ils allèrent aussi admirer le plus célèbre des bâtiments de Washington : la Maison Blanche.

L'organisation générale du colloque avait été très bonne. Dans l'ensemble, toutes les activités avaient été intéressantes et enrichissantes. En ce qui concerne les visites, c'était agréable. Ce fut un séjour riche en rencontres, balancé entre l'émerveillement et de nombreuses réunions d'informations touristiques.

Lorsqu'il atteignit la passerelle, les passagers embarquaient déjà dans le Boeing. Les membres du cabinet avançaient, deux par deux ou séparément ; leur manière semblait traduire pour la majorité d'entre eux un regret de quitter les États-Unis. Au moment où Tila s'apprêtait à entrer dans la carlingue, son directeur de cabinet le salua de la main. Dans l'avion, tous les membres de la délégation étaient assis du côté gauche de l'allée et bavardaient entre eux. Tila n'écoutait pas, parce que leurs conversations ne l'intéressaient pas.

Il se laissait simplement envahir par leur présence qui était encore plus encombrante que ce qu'ils disaient. Les paroles sont souvent comme des rideaux de fenêtre, un écran décoratif qui permet de maintenir les voisins à distance.

Une hôtesse lui apporta un repas fait de salade de carottes râpées et de fromage. *Un choix sage,* se dit-il. Il mangea la moitié de ce déjeuner en moins de cinq minutes.

À leur arrivée à l'aéroport de Ndjili, deux agents du ministère étaient venus les attendre et le chauffeur accompagna chacun des membres chez lui.

Après avoir embrassé sa femme et leur fils, Tila se rendit dans la cuisine et la salle de bains pour vérifier l'état des lieux. Ce samedi-là, il avait toute la soirée pour raconter les épisodes de son voyage. Il parlait des avenues qui sont larges et bordées d'arbres, des édifices majestueux et s'émerveillait qu'aucun gratte-ciel ne venait couper l'horizon à Washington. Il parla aussi de la beauté des parcs et de l'intérêt des musées. Il leur montra plusieurs photos qu'il avait prises.

*

* *

Depuis son retour au Congo, Tila avait beaucoup changé. Il avait été séduit par le système éducatif des États-Unis. Cela se voyait par sa manière de travailler. Il restait le plus souvent tard à la bibliothèque de l'UPB, et c'est ainsi qu'il s'adonna à différents jeux de hasard. Il éprouvait un indéniable plaisir à ces jeux, mais il savait que ses chances étaient très minces. Il trouvait sur le site tout ce qui était nécessaire concernant les courses de chevaux.

Qu'est-ce que je perdrais en tentant ma chance ? se disait-il.

Autrefois, il n'aimait guère ce genre de jeu de hasard. Mais Ngafu, un ami de longue date, enseignant à l'Université de Kimwenza, les lui avait fait apprécier. Ils s'étaient rencontrés pour la première fois à Lubumbashi pendant les grandes vacances, il y avait de cela quinze ou vingt ans, mais il s'en souvenait clairement. Ils partaient tous les deux à Bukama et attendaient le train à la gare centrale. Lui portait une veste sombre tandis que son compagnon avait mis une casquette de l'Université du Congo. L'air qui s'échappait de leur bouche se transformait en brouillard. Tila allait chez son oncle qui commandait un camp militaire. Ngafu, qui était originaire de la province, avait avec lui dix cartons de piles, qu'il allait vendre dans les villages. C'est comme cela qu'il payait ses frais d'université. Tous deux étaient devenus enseignants. Ngafu jouait régulièrement depuis trois ans aux courses hippiques.

Pour Tila, le moment où il avait commencé à jouer fut sa décision la plus importante depuis son retour, sa première faiblesse. Il aimait s'imaginer ainsi – gagnant – comme le vainqueur d'une course.

Il avait fini par confier à Yoyo son nouvel intérêt, qu'elle avait jugé absurde. Si beaucoup de gens avaient décidé de tenter leur chance à la loterie, cela ne l'intéressait pas. Elle pensait que c'était un rêve. Quand il n'avait pas cours, il s'enfermait chez lui dans son bureau pour travailler, ou pour jouer. Mais il était impatient en attendant les résultats. C'était une des questions qu'il étudiait.

Ces derniers temps, il avait connu beaucoup de succès en évoquant le système éducatif américain devant ses collègues ou ses amis qui venaient prendre un verre au foyer de l'UPB.

Jusque-là, Yoyo avait évité de s'initier à ces jeux, prétextant qu'elle n'avait jamais gagné à un jeu de hasard.

Elle était trop occupée. Elle débordait d'activités et faisait un tas de projets.

Tila finit par s'inscrire à une loterie pour pouvoir émigrer aux États-Unis. Il remplissait tous les ans un formulaire en ligne en espérant pouvoir gagner un visa. Mais il ne parlait jamais de ces jeux-là à ses collègues. Il craignait leurs réactions. En général, les habitués de tels jeux communiquent seulement entre eux, partageant leurs espérances comme leur désespoir.

Après trois tentatives, il finit par être parmi les gagnants. Il appela son épouse pour lui annoncer la nouvelle. Yoyo était debout devant la porte, commentant de sa voix limpide, et Fed pouvait entendre sa mère exprimer sa joie.

Maintenant, ils pouvaient vraiment commencer à rêver de leur avenir, des visites dans les musées, des achats dans les magasins, des promenades dans les villes américaines.

Le lendemain, dans la soirée, ils allèrent rendre visite à l'oncle Zozo.

— Des perspectives nouvelles ! s'écria Tila en arrivant.

— Vraiment ? demanda Zozo en se tournant vers son épouse.

Tila prit un air sérieux et raconta du début jusqu'à la fin ce qu'il avait entrepris pour être parmi les gagnants à cette loterie.

— Quelle belle soirée, commenta Belezita en cherchant à savoir comment ils comptaient mener leur nouvelle vie aux États-Unis.

— C'est pour nous un plaisir infini que de penser que nous allons bientôt quitter cette galère, dit Tila.

— Si vous êtes heureux de cette nouvelle, nous nous en

réjouissons aussi, affirma Zozo. D'ailleurs, nous nous sentirons obligés de vous emmener dans un restaurant chic pour un dîner d'au revoir.

– Vous allez nous manquer énormément, se plaignit Belezita. Je n'aurais jamais imaginé que tu pourrais abandonner la boutique où tu as si bien réussi.

– Oh ! je te remercie de ce que tu viens de dire. Tu es vraiment très gentille, Belezita. Mais c'est une chance à ne pas rater. Dans trois semaines, nous côtoyerons un autre monde. Tila et nous devrons nous adapter.

– Tu es heureux, Tila, constata Belezita.

– Si tu avais connu les moments difficiles que nous avons vécus ces derniers mois, tu comprendrais notre enthousiame.

– Ah ! je vois, fit Belezita en soupirant.

Zozo ne put s'empêcher de sourire : il admirait son neveu. La famille Tila resta une heure et finit par s'en aller. Ensemble, ils avaient convenu qu'ils se retrouveraient tous la semaine suivante au restaurant.

Entre-temps, Tila, sa femme et leur fils se rendirent à l'ambassade des États-Unis prendre leur visa. Tila eut avec le consul américain une longue conversation portant sur l'utilisation rationnelle des diplômés africains. Le diplomate était captivé par ces propos qui montraient à quel point les Africains étaient capables de contribuer au développement de la planète.

Le lendemain soir, au restaurant, Zozo et sa femme, Tila, Yoyo et Fed dînèrent en choisissant des plats africains faits à base de patate douce. Les meubles et les fleurs de l'endroit enchanteur avaient cet air de fête qui donne au luxe des quartiers chics de Kinshasa l'apparence d'un rêve. Tila éprouvait un plaisir infini à se voir au centre de toutes les conversations. Il ne s'expliquait pas comment la chance avait pu lui sourire ainsi.

X

Il était neuf heures du soir quand ils arrivèrent à l'aéroport de Ndjili. Ils avaient emporté chacun une valise. Les formalités pour le voyage durèrent moins de vingt minutes. Tila savait ce que voulaient tous ces agents. Il avait appris de rudes leçons qui lui avaient permis de mesurer l'étendue de la corruption dans les différents services du pays. Et ainsi, ils n'attendirent que deux heures avant d'embarquer.

– Nous aurons des ennuis pendant quelques semaines peut-être, ne put s'empêcher de remarquer Tila, mais nous finirons par nous adapter à notre nouvelle vie. Il y aura beaucoup de besoins à satisfaire...

À ces mots, Yoyo ne put s'empêcher de verser une larme.

Elle se remémora tous les ennuis survenus depuis leur retour de France au pays. À l'époque, les difficultés étaient trop lourdes, mais elle les supportait courageusement, elles n'altéraient point la sérénité de son visage. Dans l'avion, les époux retrouvèrent le même élan de joie. La conversation fut plaisante durant tout le voyage et fut entrecoupée de moments de sommeil.

Ils débarquèrent à l'aéroport de Washington par une matinée où le froid se faisait prématurément sentir. Mais ils se sentaient à l'aise. Leur sourire répondait à leur désir de venir vivre aux États-Unis. Ils cherchaient quelque chose pour être en contact avec les leurs qui s'étaient déjà adaptés dans cet immense pays.

– Je dois téléphoner à mon cousin Tony, qui est lui aussi arrivé aux États-Unis grâce à la loterie, dit Tila.

Il avait besoin de petites phrases qui ne soient pas ambiguës.

– Oui, j'écoute. Qui est-ce ? demanda Tony.

– C'est moi, répondit Tila.

– Quand serez-vous à Raleigh ?

– Nous allons plutôt à New York, pas à Raleigh.

– Nous étions au courant.

– Au courant de quoi ?

Tila émit un soupir d'agacement.

– Je te demande des informations sur les différents centres d'hébergement pour les nouveaux arrivants.

– Comme vous allez à New York, va sur le site internet des centres d'hébergement, tu auras toutes les informations que tu désires. Téléphone-moi plus tard quand tu voudras.

Le jour de leur arrivée, Tila avait loué une chambre d'hôtel à Rockville, dans la banlieue de Washington. Cet endroit était une sorte de puzzle dont les pièces étaient reliées par des marches. Leur chambre, située au premier étage, sentait la poussière. Cette pièce s'étendait en longueur, et la tête du lit était appuyée contre la double-fenêtre. Les rideaux, tombant de trois mètres de haut, étaient retenus de chaque côté par des embrasses dorées. À droite, au-dessus d'un minibar, une petite armoire cachait la télévision.

Cet endroit leur permettait de prendre des contacts pour leur installation définitive dans le pays. Ils repartaient sur de nouvelles bases avec l'unique sentiment de pouvoir jouir de cette liberté nouvelle. La décision d'aller vivre aux États-Unis se justifiait par le refus de Tila de supporter des systèmes qui n'apportaient rien à la population. En récusant l'injustice et l'illogisme, Tila pensait être libre de communiquer à la masse africaine des idées audacieuses à mettre en pratique. Partout où il avait exercé ses différentes fonctions, il avait constaté avec rage que le système était plein de gens malhonnêtes qui mentaient, trichaient et volaient. Ce qu'il avait observé lui déplaisait et les conclusions qu'il en avait tirées n'avaient rien non plus de particulièrement réjouissant.

Le lendemain matin de leur arrivée, Tila se leva tôt et prit un long bain ; l'eau sentait la Javel, comme à Kinshasa. Il s'habilla car il voulait sortir avec son fils, ils descendirent au restaurant de l'hôtel pour déjeuner. Fed avait faim, mais lui n'éprouvait que le besoin de voir un peu de mouvement autour de lui. Un garçon leur proposa une table près d'une fenêtre, à l'écart du buffet copieusement garni, et apporta deux verres de jus d'orange qu'ils burent d'un seul trait.

Tout à coup, Tila entendit une voix féminine lancer un joyeux bonjour. Il leva la tête et vit tout près d'eux, une jeune femme travaillant dans l'hôtel. Elle les avait remarqués parce qu'ils parlaient en lingala :

— Bonjour ! Comment allez-vous ?

— Très bien, merci, répondit assez froidement Tila.

Elle alla au comptoir et ramena une corbeille en osier tressé, avec des croissants.

Fed monta sur une chaise libre et attrapa deux croissants. Tila n'avait rien à dire. Il était un peu agacé car il craignait que son épouse vienne le surprendre causant avec une inconnue. Mais la serveuse poursuivait la conversation.

— Monsieur, je ne veux pas vous déranger, mais permettez-moi de vous demander depuis combien de temps êtes-vous dans cet hôtel ?

Tila leva la tête. Elle était de taille moyenne, âgée d'environ trente ans et portait l'uniforme de l'hôtel.

— Nous sommes arrivés hier en fin de matinée.

— Je suis Congolaise, voyez-vous. Je suis originaire de Kinshasa. Votre fils est brun comme sa maman, n'est-ce pas ?

— Oui, répondit Tila. Sa mère est brune.

— Les garçons ressemblent souvent à leur maman !

Il cherchait comment se débarrasser de cette compatriote importune, mais ce n'était pas facile. Sa préoccupation actuelle était de trouver un endroit pour se loger.

Le garçon vint avec du café, puis demanda à Fed s'il voulait du lait.

— Pas de lait, du chocolat.

On apporta du chocolat avec de la crème. La jeune serveuse finit par leur dire au revoir.

Quelque temps après, Tila fit signe au garçon de lui apporter la note. Il vérifia le numéro de sa chambre et signa. Il prit une serviette, se pencha et essuya la bouche de son fils qui lui tendit son visage, et tapota la main de l'enfant qui le tirait par la veste pour retourner dans leur chambre.

L'endroit était animé à cette heure de la journée. Ils apercevaient, répartis à de petites tables, des Japonais, des

Africains, des Européens presque toujours des couples ; ils allaient et venaient au buffet pour regarnir leurs assiettes.

Les nouvelles circulent très vite dans les ministères à Kinshasa. Au ministère de l'Enseignement supérieur et universitaire, tous les membres du cabinet devaient être au courant de son départ, mais Tila n'en avait cure. Toutefois, on attendait de lui sa lettre de démission officielle afin de pourvoir à son remplacement.

Pour l'instant, il possédait quelques informations pour l'obtention des papiers, un réseau d'amis et des moyens financiers conséquents.

Il avait aussi vaguement entendu parler de l'existence d'un centre d'hébergement pour les bénéficiaires de la loterie, mais il fallait trouver les numéros du téléphone dans l'annuaire et le nom du directeur.

Le jour suivant, il appela le centre d'hébergement de New York.

— Je désire parler à Mme Wood, demanda-t-il.

— Quelle Wood et qui la demande ? répliqua une voix au bout du fil.

— Je suis un nouvel arrivant, bénéficiaire de la loterie.

Tila entendit quelques mots marmonnés en sourdine, puis une voix sifflante.

— Qui est là ?

— Mon nom est M. Tila. On m'a conseillé de me rendre à ce centre d'hébergement pour les bénéficiaires de la loterie.

— Nous avons quatre places qui seront libérées à la fin de cette semaine. D'où téléphonez-vous ?

– D'une cabine téléphonique à Rockville. Nous arriverons lundi, ma femme et moi, et notre fils de huit ans. Nous comptons arriver dans l'après-midi.

–Avez-vous l'adresse ?

– Oui, sur l'internet. J'ai aussi les cartes.

– Avez-vous de quoi écrire ?

– Oui.

Tila griffonna quelques notes sur un bout de papier qu'il plaça dans sa poche. Il eut un bref sourire.

– J'espère que tu as des précisions quant à l'itinéraire à suivre pour se rendre à ce centre, s'inquiéta Yoyo.

– Pas assez sur le parcours, ne put-il s'empêcher de répondre.

Elle tourna vers lui ses yeux légèrement moqueurs, avec son sourire habituel.

– Ne t'en fais pas, nous partirons après avoir bien maîtrisé l'itinéraire, la rassura-t-il.

Elle n'était pas tout à fait d'accord avec lui et cherchait à le lui faire savoir. Elle réfléchissait aux risques qu'ils avaient pris de tout abandonner au Congo. Elle aurait voulu qu'il renonçât à cette idée, mais n'était-il pas trop tard ? Soudain, elle lui dit :

– Dans la vie, il faut quelquefois se méfier de ce qui passionne les amis, j'en sais quelque chose.

Tila eut une courte hésitation. Dans un élan spontané, il eut même envie de ramener sa famille à Kinshasa. Il se sentait plutôt découragé, et pourtant ce n'était pas vraiment le moment de tout remettre en question.

Il sourit tendrement à son épouse et à son fils, et sortit pour aller à la recherche d'une agence de location de voitures. Il entra dans un bureau et le gérant l'accompagna dans la cour où se trouvaient les voitures, en lui disant :

— Tenez, celle-là est la bonne.

— Je pense bien, dit Tila. Mais veuillez m'accorder le temps de regarder d'autres modèles.

Le gérant tournait en rond dans la cour tout en continuant à lui parler. En fin de compte, il finit par lui faire signer un certain nombre de papiers.

Cette fois, la décision était prise. Ils partaient pour le centre d'hébergement. Yoyo ne put s'empêcher de sourire à la vue de la voiture conduite par son mari.

— Tu n'as pas fini de fermer les valises ? dit-il presque hargneusement.

— Si, reprit-elle sans se démonter. Tout est prêt, il ne reste plus qu'à récupérer le sac contenant les papiers d'identité et les diplômes.

Quelques minutes plus tard, ils quittèrent l'hôtel après avoir remis les clés à la réception.

— Une dernière chose, dit Tila en ouvrant la portière de la voiture, où est notre itinéraire ?

Ce n'était plus le moment de tergiverser. Elle plaça toutes les cartes sur ses genoux, car elle était leur guide.

— Observe bien les cartes, lui ordonna son mari.

— D'accord, répondit-elle. Nous pouvons partir maintenant.

Il embraya et mit le cap en direction du centre d'hébergement. Ils avaient cinq heures de route à parcourir, sans compter les arrêts. Ils partirent à dix heures du matin. Après deux heures de conduite, Tila s'arrêta dans une station d'essence pour téléphoner à Tony, son cousin de Raleigh. Ce dernier prit la communication et l'assura de la présence de Congolais dans le centre en question.

Tila raccrocha et s'engagea sur la route jusqu'à New York. Ils parcoururent le reste de la distance sans difficulté, avec plusieurs arrêts, soit pour se dégourdir les jambes, soit pour acheter des sandwiches ou des sodas. À trois heures de l'après-midi, ils arrivaient enfin à leur destination.

— Là tu sais, dit-il à Yoyo, nos amis sont au courant de la chance qu'on a eue de gagner à la loterie.

Il regarda dans le rétroviseur pour s'assurer qu'il n'y ait aucun véhicule qui arrivait – ces choses comptent beaucoup – et sortit de la voiture, alla à la réception.

— Bonjour, Madame, dit-il à la réceptionniste.

Cette dernière cligna des yeux et continua de parler au téléphone, sans lui sourire. Son visage était impassible. Puis elle rassembla des papiers avant de lui demander de remplir les formulaires.

— Relax, Monsieur ! rigola-t-elle tout à coup en le fixant d'un air joyeux.

Il eut un bref sourire. Au bout de cinq minutes, il sortit et, accompagné de son épouse et de leur fils, ils rentrèrent leurs bagages à l'intérieur de l'immeuble. À cette heure de la journée, l'endroit était pris d'assaut par de nombreux demandeurs d'asile. Il vit dans un autre bureau un groupe de Latino-Américains qui attendaient d'être reçus pour obtenir chacun un numéro de lit. Un jeune homme le heurta légèrement avec son sac à dos.

Sa femme remplit aussi les papiers, et ensemble, ils rangèrent leurs bagages dans l'entrepôt réservé à cet usage.

Tila sortit pour rendre la voiture dans un bureau de location, puis il retourna au centre. Cette fois-ci, on leur donna des plaques d'identité énormes. Maintenant, ils étaient reconnus officiellement comme étant des résidents. Le plus dur restait à faire : il s'agissait d'obtenir un appartement.

*
* *

Un peu plus tard, alors qu'il se reposait dans un fauteuil du foyer, son épouse le fixa d'un profond regard et lui demanda doucement :

– Quand pourrons-nous quitter ce centre ?

Il soupira, se passa la main droite sous le menton avant de répondre :

– Je n'en sais rien.

– C'est un peu maigre comme explication.

– On va se renseigner.

Mais au centre d'hébergement, il n'était pas de bon ton, surtout pour un nouvel arrivant, de poser des questions. La patience faisait partie du code de conduite.

– Tu disais, Yoyo ?

– Rien. Excuse-moi.

Il eut un petit rire.

– Ne t'excuse pas. Je suis aussi préoccupé que toi. Attendons ensemble la suite des événements.

Ce fut à l'instant que madame Wood, la directrice, apparut. En dévalant les marches d'un pas rapide, elle s'arrêta devant les nouveaux arrivants. Tila se leva, se tourna lentement vers elle, la salua et se présenta.

– Mon nom est Tila, je vous présente mon épouse Yoyo et notre fils Fed.

La directrice parut hésiter et l'examina de la tête aux pieds. Le visage de Tila avait une expression triste et songeuse qui lui donnait sans doute un air peu aimable. Elle remonta les marches sans un mot puis disparut d'un pas saccadé.

Yoyo ricana dans son dos et commenta :

– Elle doit éviter les contacts avec les résidents. Nous n'avons qu'à attendre comme tout le monde.

*

* *

Au bout d'une semaine, les nouveaux arrivants constatèrent que madame Wood administrait l'établissement avec autorité. Quand on lui posait des questions, elle répondait à peine ou quittait l'endroit sans s'excuser. Elle portait une alliance en or qui devait peser sur sa main comme du plomb. Le changement du linge et le remplacement des meubles, le choix des menus des repas, la gestion des provisions, étaient de son seul ressort. Elle faisait des remontrances aux membres du personnel et grondait les résidents de l'immeuble. Elle allait de la cave au grenier, du grenier à la cave, en y inspectant toutes les pièces sans rien trouver qui lui résistât.

Elle décidait de l'heure des repas, assurait la propreté de l'immeuble et forçait les gens à aller se coucher tôt. Comme ses ordres étaient aussitôt exécutés, elle était satisfaite d'elle-même et parfois elle se laissait aller à siffler dans les escaliers et les couloirs. Elle s'habillait avec soin. Elle aimait cet établissement comme sa propre maison. Elle avait fait fixer de vieilles couvertures aux murs des dortoirs, avait fait colmater les fissures les plus apparentes avec des journaux bien tassés et avait fait bloquer les persiennes. Pour avoir dirigé pendant des années ce centre d'hébergement, elle avait le droit d'être fière d'elle-même.

*
* *

Un autre jour, Tila se prélassait sur un divan. Il n'avait pas eu la force d'aller dîner. Il avait travaillé toute la matinée à la cuisine et n'avait pas d'appétit. L'odeur de la sauce des épices préparée par les cuisiniers lui avait ôté toute envie de manger et il avait l'impression d'avoir consommé le contenu de toute une marmite.

— Quand pourrons-nous quitter ce centre ? demanda-t-il à une employée qui passait par là.

À cette question, la jeune femme leva la tête, le regarda d'un air doucement goguenard et répondit par une question :

— Qui êtes-vous ?

Il lui montra sa carte de visite.

— Je ne savais pas que vous étiez professeur.

Il la fixa froidement.

— C'est madame Wood qui s'occupe de ça, dit-elle. Cependant, il faut probablement compter deux à trois semaines.

Tila hocha la tête et se rendit à la bibliothèque. Peu de temps après, il entra au foyer où de nombreux résidents regardaient un match de catch à la télévision.

Il ne s'intéressait plus à rien. Plus les jours passaient, plus il perdait son goût de la culture. Sa seule préoccupation se résumait à l'obtention d'un appartement. Au foyer, les programmes de la télévision se résumaient à trois choses : les matchs de catch, de football et de soccer.

Il se contentait d'observer les allées et venues des résidents. C'était devenu une routine. Ce qu'il voyait maintenant dans ce centre montrait à quel point la situation était déprimante.

Tous les jours, les résidents avaient droit au même type de menu : du pain, du riz, des boîtes de conserve, de la soupe de tomates, des ragoûts. Les gens se sentaient embarrassés, comme si les lacunes de ces repas ne pouvaient être comblées parce qu'ils ne pouvaient les contester. Ils mangeaient en silence. Certains émettaient de petits bruits de déglutition que Tila ne supportait pas. Alors, il les regardait sournoisement, d'une manière spéculative, les soupçonnant de mille méfaits.

À la bibliothèque, il utilisait le courriel pour envoyer des messages aux amis, et évitait de se familiariser avec les résidents. Il prenait ses distances pour ne pas participer à leur conversation. Des incompréhensions surgissaient quelquefois. Certes, il manquait de patience, mais le milieu n'incitait guère à l'indulgence.

Un jour, la liste des partants venait d'être affichée mais le nom de Tila n'y était pas, alors qu'après trois semaines d'attente, il aurait pu espérer en faire partie. Ils étaient d'ailleurs une dizaine à attendre comme lui pendant que de nouveaux immigrants arrivaient.

Tous les participants devant s'occuper de l'entretien du centre, Tila portait des vêtements de travail en laine crue. Ainsi accoutré, il remplissait sa tâche sans difficulté, nettoyant le réfectoire et vidant les poubelles.

On était alors au milieu du mois de novembre. Il faisait de plus en plus cru et cela devenait dur de travailler à l'extérieur du bâtiment. Le sol était gelé. Les arbres n'avaient plus de feuilles depuis quelques semaines. Le vent soufflait, traversait les arbres et les buissons en les faisant craquer. Tila commençait à sentir les inconvénients de cet étrange milieu. Cela l'épuisait.

Or ce jour-là, un camion arriva avec des meubles que Tila avait été requis, avec d'autres résidents, pour les transporter jusque dans la cave. Ils travaillèrent ainsi pendant des heures sans prendre une seule pause. Épuisé, il se sentit de plus en plus découragé et se mit à regretter une fois de plus d'avoir quitté son pays.

XI

L E MOIS DE NOVEMBRE touchait à sa fin quand Gina, une employée du service des logements, leur trouva un appartement de deux chambres. Cette nouvelle arriva à point nommé, car tous les trois se laissaient aller au découragement.

Après le repas de midi, Tila entendit donc prononcer son nom au mégaphone, au moment où il s'apprêtait à déposer le matériel de nettoyage dans la réserve du réfectoire. Il vit alors sa femme courir vers lui :

– Tila, tu sais, nous quittons le centre dans deux jours.

– Je vais prendre tous les renseignements nécessaires, lui répondit-il avec flegme.

Deux jours plus tard, Gina leur rej22mit les clés de l'appartement qu'ils allaient pouvoir enfin occuper. Par une belle matinée ensoleillée, ensemble, ils marchèrent pendant une demi-heure pour atteindre un immeuble de douze étages non loin de la gare routière où vivaient de nombreuses familles africaines, antillaises et asiatiques.

En chemin, ils traversèrent d'abord des quartiers où des maisons à toitures rouges, composées de tuiles légèrement arrondies, semblables à des écailles de poisson, annonçaient l'aisance, puis de vieux pavillons assez pauvres entourés d'arbres. Dans cette partie de la ville, les maisons étaient rapprochées, séparées seulement par des routes. La diversité des quartiers lui rappelait ce qu'il savait sur les contrastes observés dans toutes les villes du monde.

Au fur et à mesure qu'ils avançaient, ces différents quartiers de New York changeaient d'aspect et le ciel de lumière. Quand ils atteignirent leur appartement au troisième étage de l'immeuble, ils purent enfin oublier les ennuis du centre d'hébergement. La porte d'entrée donnait sur le salon. Mais le parquet était d'une propreté douteuse. Yoyo, après avoir suffisamment examiné l'intérieur, notamment la cuisine et les deux chambres, commença à s'occuper du seul sac qu'ils avaient. La cuisine témoignait de décennies d'utilisation. Le réfrigérateur émettait un bruit agressif, s'arrêtait parfois, puis repartait. Tila ferma soigneusement la porte de la chambre, ôta ses chaussures et s'allongea sur le lit. Yoyo s'assit sur le divan, et se mit à se coiffer avec une dextérité féminine. Deux chaises et une grande table occupaient le milieu du salon.

— C'est tout ce qu'il y a comme meubles ? demanda-t-elle.

— Mais Yoyo, nous dépendons maintenant du service social.

— Voilà bien ce que nous avait dit au téléphone Tony. As-tu encore un peu d'argent sur toi ?

— J'ai cent dollars, c'est tout.

— Comment arriverons-nous sans dettes au bout de l'année, si nous ne trouvons pas de travail ?

— Nous n'arriverons certainement pas sans dettes à la fin de l'année. Que veux-tu ? Heureusement, nous commencerons à percevoir mensuellement de l'argent du service du bien-être social.

Ils mangèrent un repas fait de viande et de nouilles avec grand appétit car ils avaient très faim et commençaient à se remettre de leur choc culturel. Yoyo se demandait si la culture occidentale la corromprait, mais elle se sentait heureuse. Elle fit le tour de la table de la cuisine, en fredonnant une petite chanson, en examinant les panneaux de bois chauds qui recouvraient les murs. Tila voulait que tout le monde se sente en sécurité ; et il y avait réussi, il en était certain. Ils savaient qu'au moins c'était une maison sûre.

Le lendemain matin, il retourna au centre récupérer les trois valises qui y avaient été laissées et qu'il rapporta en taxi. Dans l'après-midi, il se rendit au service du bien-être social pour une rencontre avec la préposée chargée de leur dossier. Dans le bureau richement meublé, il parla de manière claire pour examiner comment mieux s'intégrer : assurer le logement, s'approvisionner, trouver du travail. Cette jeune femme lui précisa que l'aboutissement de son dossier dépendait en partie de sa disponibilité.

*

* *

Dans l'immeuble, Tila rencontra deux Antillais qui étaient attentifs à la situation du Congo. Il avait de solides connaissances pour décrire une foule de données plus ou moins convergentes, résultant des observations de la vie dans son pays. Il n'avait pas son pareil pour décrire la pente savonneuse sur laquelle glissait son pays. Dans ses multiples conversations, il cherchait à restituer, sans effort, le cadre sombre dans lequel subsistait une bonne partie de la population congolaise, soit près de trente millions de personnes.

Il disait par exemple qu'au pays, les intellectuels travaillaient à perte. Le déficit qu'ils enregistraient était catastrophique. Une façon de dire qu'ils survivaient quand même, au ras du sol. Les partis politiques de l'opposition, étant spécialement à l'écoute du peuple, se comportaient en fins observateurs. Ils offraient de bons remèdes pour l'amélioration des conditions de vie des populations. Mais ils demeuraient impuissants...

Dans ses moments de loisirs, Tila s'adonnait à l'écriture. Dans le diagnostic et la thérapeutique élaborés par le parti auquel il avait adhéré, le Groupement du Kongo, il disposait suffisamment d'informations pour continuer à écrire. À New York, il avait donc trouvé l'occasion de parler de la politique de son pays et en particulier du programme de son parti.

Pour lui, le développement du Congo passait inéluctablement par la prise en main des paysans pour former des cadres capables de parvenir à la direction. C'est seulement de cette manière qu'on peut tirer les paysans de la situation désastreuse dans laquelle ils végètent, sans même réagir. La stratégie du développement se déroulerait d'elle-même. Avec la construction de bonnes routes, les diverses unités de production bourgeonneraient. La tâche serait rude car les problèmes étaient nombreux : terre, informations, changement de mentalité.

S'appuyant surtout sur les paysans, Tila développait sa stratégie basée sur l'éducation. Les idées nouvelles seraient introduites par la mise en place d'unités de production mobiles.

Dans cette parade ponctuelle des étapes d'une croissance économique, les sols, l'élevage, les zones de pisciculture seraient introduits dans les villages. Les paysans commenceraient à gagner de l'argent et y prendraient la place qui leur revient. Les villages pourraient ainsi rompre avec leur passé de sous-développement. Les moyens de communication deviendraient des catalyseurs essentiels pour répondre à leurs besoins. Les populations contribueraient au bien-être de tous. N'était-ce là qu'un rêve ?

*

* *

Un matin, Tila entendit un bruit de pas inaccoutumé sur le palier, assourdi ensuite par le tapis. Il se rendit vers la porte d'entrée, manifestant quelque surprise en ouvrant la porte après que la personne eut frappé.

– Je n'ai pas besoin de vous demander qui vous êtes, Monsieur Tila, dit Nguyen, conseiller au service du Bien-être social. Vous m'excuserez d'être venu vous voir chez vous au lieu de vous avoir attendu dans notre bureau.

Tila se retourna vers sa femme pour lui présenter cet homme qui s'occupait de leur dossier d'intégration. Nguyen était un homme de taille moyenne d'origine vietnamienne, avec des pommettes saillantes. Il portait un costume beige et des chaussures noires impeccablement cirées. Sa bouche était sinueuse, ses lèvres étaient minces et rouges. Il relevait le menton à chaque fois qu'il prenait la parole. Ses yeux noirs lui donnaient un regard sévère.

Habitué à travailler pour les nouveaux arrivants, Nguyen devinait leurs réactions. Tila partagea avec lui quelques réflexions sur la démocratie en Afrique noire et lui résuma sa propre histoire de la manière suivante :

— Monsieur, après mon retour de France, dit-il en lui montrant les photos des maisons ruinées des villages du Bas-Congo, j'avais pris l'initiative de parler souvent à ces habitants. Je manifestais une activité débordante en matière de santé publique. Le manque d'eau potable et de l'électricité dans la plupart des villages favorisent la propagation du paludisme, de la tuberculose, de bilharziose, de la trypanosomiase et d'autres maladies tropicales.

Son interlocuteur ne dit mot.

— N'est-ce pas porter un grand secours aux paysans que de lutter contre ces épidémies ? continua Tila sans se démonter. Dans cette région, améliorer la situation des gens risque de froisser les intérêts des hommes au pouvoir. Cependant, je ne m'effrayais de rien. Les membres du Groupement du Kongo étaient entrés en contact avec moi. Je devins membre du bureau politique de ce mouvement. Nos efforts pour expliquer aux paysans l'importance de l'élimination de ces maladies, provoquaient des brimades de toutes sortes à notre égard. Les réunions pour expliquer aux populations comment se prendre en charge, se terminaient par des arrestations, voire des tueries. À chacune de nos sorties dans les places publiques, les forces de sécurité tiraient sur les manifestants, parfois à balles réelles.

J'eus le plaisir de rencontrer l'actuel gouverneur de Kinshasa qui semblait comprendre la philosophie de notre Parti. Je continuais mes activités avec l'aide des pauvres en les convainquant qu'il était profitable pour le Congo de travailler davantage pour l'amélioration de leurs conditions de vie. Ils assistaient à nos conférences. Par malheur, je fus nommé conseiller du ministre de l'Enseignement supérieur et universitaire. Dans ce tumulte, au milieu duquel j'allais peut-être perdre la vie, victime du fanatisme réel qui saisit une foule exaltée par la propagande à répétition des hommes au pouvoir, je fus sauvé par ce hasard en gagnant à la loterie de l'immigration aux États-Unis.

Le conseiller continuait à garder le silence.

– Monsieur, poursuivit Tila, au Bas-Congo, les jeunes gens qui partent à l'étranger y restent tous, ce qui prouve assez la misère du pays pour me dispenser de vous la décrire. Et pourtant, le pays paraît riche. Mais dans les villes, les chaumières sont de véritables écuries où bêtes et gens s'entassent pêle-mêle.

Toujours aucune réaction de la part de Nguyen.

– Suite à notre travail sur le terrain, précisa Tila, le Parti a acquis une connaissance approfondie de la déplorable situation du Bas-Congo, dont la bonne température, les productions naturelles n'attendent qu'un réveil de la population. Le Groupement du Kongo travaille pour les paysans. Par exemple, les gens de Seke Banza qui portaient autrefois à pied quelques bottes de bois jusqu'aux centres urbains, utilisent maintenant des véhicules. La plupart d'entre eux ont sensiblement évolué. Enfin, signe de prospérité, des maisons en briques cuites commencent à apparaître çà et là. Les villages n'exploitent pas encore de grandes terres agricoles, mais les habitants commencent à améliorer leur bien-être en amassant petit à petit des sommes d'argent substantielles. C'est pourquoi nous pensons que les populations des régions voisines doivent échanger leurs produits agricoles pour améliorer la balance commerciale du Bas-Congo.

Nguyen avait écouté tout ce discours avec attention, mais sans faire de commentaires. À ce moment-là, son portable sonna.

— Allons, s'écria-t-il gaiement, vous m'excuserez, mais je dois retourner au bureau.

Il se leva et partit.

Tila ne resta pas au salon, il se rendit à la cuisine en pensant au dossier qu'il devait préparer et dit à sa femme :

— Je pense que cet homme est disposé à nous aider. Il m'écoutait attentivement. Quelquefois, il prenait même des notes. Si rien ne l'arrête en chemin, nous aurons un dossier à la hauteur de nos espérances.

Ils entendirent encore un bruit de pas. Tila alla ouvrir la porte. C'était Maryse, l'assistance sociale dont l'arrivée avait été annoncée pour ce jour-là. C'était une jeune femme brune, mince et grande, à la peau bien lisse. Elle avait de petits yeux bleus. Son menton effilé tendait à rejoindre un nez droit, deux rides verticales séparaient son front. Enfin, ses cheveux étaient bruns. Elle portait une veste bleue dont les poches soulignaient les hanches. Elle s'assit au salon. Elle gardait les mains étroitement serrées.

— Madame, quelles sont les nouvelles ? demanda Tila.

L'assistante sociale le regarda avec intérêt et répondit :

— Je suis venue m'enquérir de l'état de l'appartement et vous donner les renseignements nécessaires pour le dossier du service social. Votre montant mensuel sera de l'ordre de deux mille dollars. Si vous vous rendez demain à notre bureau, vous pourriez toucher l'argent à la fin de la semaine.

— Merci, Madame, je le ferai avec plaisir, car cela me paraît nécessaire. Puis-je dire mon affaire sans vous ennuyer ? en lui montrant l'état délabré de l'appartement.

Maryse fut assez étonnée de voir les plaques des murs de la cuisine apparaissant par places, et celles de la chambre recouvertes d'un vieux papier peint, le parquet creusé en plusieurs endroits et des rideaux blancs à moitié déchirés ornant les deux fenêtres.

— Pour lors, Monsieur, reprit-elle avec un signe de tête, vous pouvez aménager l'appartement selon vos goûts en achetant quelques matériaux au magasin d'en face. Cela vous reviendra moins cher.

Puis elle partit. Le lendemain, Tila, Yoyo et leur fils se rendirent au service social qui se trouvait à quelques centaines de mètres. Arrivés devant l'immeuble, ils aperçurent de nombreuses personnes faisant la queue devant les différents bureaux.

— Cela nous prendra du temps, soupira-t-il.

— Quand on est dans le besoin, le temps ne compte pas.

— J'oubliais, fit-il en tendant un billet de dix dollars à son épouse. Va acheter de quoi manger.

— J'apprécie la valeur du travail et de l'argent. Il est des périodes dans la vie où l'on est forcé de mettre du temps pour obtenir ce que l'on veut.

À la fin de la matinée, ils retournèrent chez eux. Au reste, Tila ne sortait guère, sauf quand il allait rendre visite à ses amis antillais. Il restait en famille et cherchait des sujets de conversation. C'étaient des moments agréables. Il cherchait à trouver dans cette période d'adaptation des mots justes pour s'armer de courage.

*

* *

Après six mois passés à New York, Tila n'avait pas cherché à élargir son cercle d'amitié, mais il avait accru le nombre de ses relations, chose indispensable, vu la situation. La rédaction du livre auquel il avait décidé de travailler lui prenait beaucoup de temps. Il téléphonait quelquefois à ses amis pendant les interminables après-midis des week-ends, pour recueillir des informations qui lui serviraient à ce livre.

Par un beau samedi après-midi, il sortit de l'immeuble et partit, sans destination particulière, juste pour passer le temps. Le soleil descendait lentement à l'horizon. Il se délectait du silence et des bouffées de vent rafraîchissantes. Il aimait faire le tour des maisons historiques de la ville.

– J'aime être entouré de belles choses, expliquait-il avec simplicité à son épouse quand il revenait d'une balade.

Ces nouveaux immigrants avaient pris l'habitude de se promener ensemble, de manger tous les trois assis sur un banc. Parfois, ils allaient voir un film western ou dîner dans un restaurant.

Ce jour-là, ils étaient assis côte à côte sur le divan au salon. Yoyo était remarquablement bien mise avec des cheveux bien défrisés et un tailleur en laine. Ses élégantes chaussures en cuir noir s'harmonisaient avec sa jupe. Ils allaient se rendre au service social recevoir leur chèque, puis faire des courses. Mais Yoyo avait de la difficulté à s'adapter à cette société de consommation.

Elle interpella son époux :

— Mon cher, il y a une manière bien simple d'économiser : ne pas acheter en évitant de rentrer dans les magasins.

— Ah ! s'écria-t-il indigné, vivre comme en Afrique ! Nous sommes aux États-Unis. C'est impossible de faire comme tu penses.

Il pressa le rond de citron dans sa tasse, et tout en buvant son thé, continua :

— Tu as perdu ton enthousiasme depuis que Maryse t'a parlé. Pourtant, je t'ai connue pleine d'enthousiasme.

— De l'enthousiasme..., dit-elle en ricanant d'un air narquois.

— Peut-être devrais-tu faire du bénévolat. Faire quelque chose au lieu de te tourner les pouces.

— Tu penses que je devrais faire du bénévolat dans un hôpital par exemple ?

Comme elle le regardait avec ahurissement, il insista :

— C'est une phase. Tout marche par phases. Quand on est intelligent, on prépare l'avenir. Et nous avons surmonté beaucoup d'épreuves.

Il continuait à boire son thé en admirant le beau liquide ambré, puis ajouta :

— Demain matin, je t'accompagnerai de bonne heure à l'Hôpital Saint-Michael, pour remplir les formulaires de bénévolat.

— Tu veux me tirer de ce pétrin ? Bon, pourquoi pas ?

Le lendemain, elle mit pour la circonstance un tailleur qui la rendait encore plus svelte, les boucles d'oreilles en or affichant leurs dix-huit carats et des chaussures italiennes. Elle était si fière de ses longs pieds étroits avec ses mains aux doigts effilés. En arrivant à l'hôpital, ils virent les malades dehors sur les pelouses, en groupe ou individuellement, assis sur des bancs ou dans des fauteuils roulants, et entourés d'infirmières. Ils ressentirent une certaine incertitude, comme s'ils ne savaient par où commencer.

Un médecin, vêtu de sa blouse blanche, allait en direction du parking. Yoyo l'aborda et posa brusquement une question. La réponse ne se fit pas attendre.

— Vous voudriez faire du bénévolat ? Les infirmières manquent de temps pour s'occuper de tous les malades, surtout pendant les week-ends et les jours fériés.

— Vraiment ? J'aimerais beaucoup venir aider.

— Eh bien, si cela vous intéresse, venez me voir, de préférence dans la matinée. Nous en reparlerons. C'est moi le médecin en chef. Mon bureau se trouve au rez-de-chaussée.

Deux jours plus tard, Yoyo se rendit à l'hôpital. Elle entra chez le médecin et y trouva deux visiteurs. Elle les salua silencieusement et offrit à tout ce monde son beau sourire. Le médecin connaissait la raison de cette visite. Il décida qu'elle pourrait s'occuper des enfants.

Le week-end suivant, Yoyo était là pour aider une fillette de six ans qui faisait de grands efforts pour marcher. C'était chose facile pour elle, et elle se sentait utile. Il y eut plusieurs week-ends comme cela. Elle apprit beaucoup de choses.

Pendant ce temps-là, Tila trouvait toujours à se débrouiller, d'une façon ou d'une autre, et il était surtout absorbé par la rédaction de son livre. Un matin, malgré un temps brumeux, il décida de sortir. Il allait à grandes enjambées et pressentait qu'on devrait l'embaucher dans une manufacture. Il avait envie d'aller jusqu'au bout du monde pour réaliser son rêve. Il entra dans une agence de travail. Il était rempli d'espoir.

Une semaine plus tard, le téléphone sonna. Une fabrique de meubles désirait l'embaucher. Le lendemain, il se rendit à l'usine et fut affecté au service des machines.

De retour chez lui après sa première journée de travail, il ne put s'empêcher de faire ce commentaire à son épouse :

– Oui, nous ne nous sommes pas mal débrouillés. Nous nous en tirons très bien.

Elle l'interrogea malicieusement :

– Alors, tu aimes vraiment ce travail ?

La réponse fut ironique :

– J'aime ce que je fais, du moment que cela me procure un revenu. Il n'y a pas de sots métiers, il n'y a que de sottes gens.

Cette nouvelle situation mettait fin à l'aide octroyée par le service social qui était vite devenue un lointain souvenir. Tila travaillait sur des machines et ses chefs avaient de l'estime pour lui. Ses connaissances en géographie et l'observation des besoins en environnement le poussèrent à considérer ce travail comme un passe-temps. Il continuait à chercher un travail correspondant à sa formation. Le hasard d'une rencontre dans les rues de New York avec Ndolo, un ami d'enfance, avait éveillé en lui le désir de se surpasser. Il prit rendez-vous avec ce jeune homme qui travaillait depuis dix ans au service d'accueil des immigrants, et se rendit à son bureau une semaine plus tard.

Cet après-midi-là, pour aller rencontrer Ndolo, il avait mis une chemise blanche avec une cravate rose, bien assortie. Il regardait par la vitre de l'autobus les rues du quartier Queens de New York, ensoleillées et peuplées de gens qui prenaient des photos. Il descendit à un arrêt qui menait vers la gare routière des autobus interurbains. Ne sachant pas exactement où se trouvait le bureau de son ami, il se résolut à lui téléphoner. Celui-ci répondit aussitôt d'une voix claire.

— Bonjour, je savais que tu allais me téléphoner, car notre bureau se trouve à un endroit étroit. Il n'y a plus d'enseigne sur la porte. Elle a été enlevée la semaine dernière pour des travaux.

Puis il demanda, curieux :

— J'entends des bruits.

— Je suis à la gare routière, du côté de la sortie.

— As-tu déjà téléphoné à ta cousine Malata, à New York, pour lui dire que tout va bien ?

— Ce n'est pas dans mes habitudes. Parfois, il faut faire une vraie coupure.

— Écoute, en sortant de la gare routière, regarde à ta gauche, il y a le grand magasin pour dames, au bout se trouve une allée, entre dans cette rue et avant d'arriver au croisement, tu verras sur le côté à ta droite une porte bleue. C'est là notre bureau. Tu en as pour au moins cinq minutes de marche.

Lorsque Tila arriva, Ndolo était en train de lire une

revue d'économie. La stratégie des affaires boursières l'avait toujours intéressé.

Tout bien habillé — chemise, pantalon bien repassé, ceinture soigneusement attachée, rasé de près, lunettes brillantes —, Ndolo l'attendait sur le palier.

— Tu as le sens de l'orientation, remarqua-t-il.

Il récupéra le portable qui avait glissé de sa main et le posa sur son bureau.

— Je te donne une heure d'entretien pour t'aider à bien structurer ton dossier.

— Merci, répondit Tila.

— Avec ces travaux, le bureau est dans un désordre effroyable. Je te propose le salon d'un hôtel à deux pas d'ici.

Ils marchèrent quelques minutes pour se rendre à l'hôtel en question. Ils choisirent un coin tranquille pour pouvoir parler librement. Des couples bavardaient, installés dans des sièges profonds.

— Merci de m'avoir reçu. Je peux te proposer un jus.

— D'accord, dit Ndolo.

— Jus d'orange ou de pomme ?

— Ça m'est égal.

Tila se détendait et pensait à tout ce qu'il avait dit à monsieur Nguyen quand il était venu chez lui. Un serveur apporta deux verres d'orange sur un plateau d'argent. Ils levèrent leur verre.

— À la santé de nos familles respectives, dit Ndolo.

La phrase plut à Tila. Ils burent chacun une gorgée de jus d'orange et Tila lui parla à cœur ouvert, car son interlocuteur avait une longue expérience sur la gestion de nouveaux arrivants africains et antillais à la recherche de travail. Par la suite, le serveur déposa des coupelles de noisettes et de chips sur la table. Au cours de la conversation, Tila eut l'intention d'essayer d'évoquer le drame que connaissent les intellectuels qui cherchent à acquérir plus de liberté d'expression.

– Quels sont les problèmes que tu as connus à ton retour au Congo ? demanda Ndolo.

– J'ai été menacé à cause de mes convictions politiques.

– Les menaces ont dû te pousser à quitter le pays. Je te comprends.

Ndolo se sentait mal à l'aise et le regardait avec compassion.

– Commande-moi un verre d'eau gazeuse, s'il te plaît.

Au lieu de faire signe au garçon, Tila se leva, s'éloigna et revint.

– Avec ou sans citron, ton eau gazeuse ?

– Qu'importe.

Tila lui apporta de l'eau gazeuse que son hôte but avidement. Il constata avec satisfaction l'effet que cette boisson exerçait sur son ami.

Ndolo réfléchissait. Le serveur vint enlever les verres vides, sans s'attendre à une autre commande. Tila voulait demander une deuxième tournée.

– Je t'offre une autre boisson si tu le souhaites.

– Non, mais il faut que je parte, car j'ai un travail à terminer.

Ndolo prit au vol une amande salée. Ils passèrent devant la réception. En sortant, ils se serrèrent la main. Un autre rendez-vous était fixé pour la semaine suivante.

Pour le rendez-vous suivant, Tila avait apporté ses diplômes. Ndolo lui tapa sur l'épaule :

— Tu as de la volonté, Tila, mais pour trouver du travail dans ton domaine, il te faudrait une formation dans un laboratoire spécialisé.

Tila réfléchit à la proposition, mais trouva qu'une telle entreprise exigeait énormément d'argent, une connaissance parfaite de la langue anglaise et la validation de tous ses diplômes. Il abandonna donc momentanément ce projet et maintint l'idée de continuer à écrire son livre sur la violence au Congo, tout en travaillant à l'usine.

*
* *

Par un beau matin du mois de septembre, Tila partit à pied avec son fils pour l'inscrire dans une école primaire de Queens. Sa femme devait subir le même jour un contrôle médical pour sa tension artérielle. Arrivés sur le lieu, il poussa le battant de l'élégante porte, dont les épaisses parois de verre étaient encadrées et soutenues par des montures d'acier. Le battant se referma tout seul derrière eux. Il regarda les caméras de surveillance fixées dans l'entrée, dans les coins des murs et des plafonds, qui filmaient la totalité des mouvements à l'intérieur du hall. C'était un endroit sécurisant. Ils traversèrent le hall et débouchèrent au bureau du secrétariat.

Le secrétaire qui les reçut était courtois. Il ne manqua pas d'humour, en prétendant qu'il traiterait Fed comme s'il avait été en porcelaine. Il ajouta que les enfants sont plus solides que les adultes, mais qu'ils deviennent timides ou nerveux si on ne leur laisse pas un temps de liberté.

Tila écoutait et lui présenta le dossier de son fils. L'homme s'approcha de Fed, le regarda et le tapota sur l'épaule et lui demanda s'il se portait bien.

Le bureau était propre et on s'y trouvait à l'aise. Le secrétaire regardait qui entrait, saluait en souriant. L'enfant se trouva rassuré.

*

* *

À l'hôpital où Yoyo s'était rendue, tout se déroula bien. Elle avait passé la matinée entre les mains d'infirmières aimables, et quand son examen fut terminé, le médecin responsable lui dit :

— Soyez tranquille, tout va bien.

Elle prit l'autobus, avec deux changements, pour rentrer chez elle et annoncer la bonne nouvelle à son mari. Et deux jours plus tard, Tila recevait une lettre de la bibliothèque publique qui lui promettait un emploi. L'avenir s'annonçait un peu plus rose.

Le lendemain matin, par un beau temps tiède, encore estival, Tila et Yoyo se rendirent à la bibliothèque en question. Le ciel était d'un bleu tendre et le soleil posait des touches dorées sur les façades des maisons. Une brise légère jouait dans les feuilles des arbres. L'instant était d'une perfection si merveilleuse qu'ils eurent tous deux une bouffée de plaisir, ce qui permit à Tila d'être à l'aise pour l'entrevue. Il savait que cela marcherait. Il était aussi confiant que sa femme. Leur assurance était, certes, amplement justifiée.

— Nous formons tous les trois, dit-il en riant, une équipe capable de mener un combat sans faille pour recouvrir sa liberté et sa dignité. Ces derniers temps, nous avons obtenu facilement et rapidement un grand nombre de succès.

Il avait appris très tôt dans sa jeune vie à se tenir droit, à garder la tête haute en toute circonstance, prêt à recevoir tout ce que la vie lui enverrait de bon et de moins bon.

– J'ai appris à me défendre, c'est tout ! J'ai dû énormément travailler pour arriver où je suis. Ma chance est à la mesure de mon projet, aimait-il à répéter.

Après un échange de questions et de réponses, les commentaires du bibliothécaire allèrent bon train :

– Vous savez qu'il y a beaucoup de choses immondes. Je regarde la télévision, je lis les journaux, j'écoute les gens. L'immonde est devenu quotidien. C'est le merveilleux qui est rare. Attentats terroristes, détournements d'avions, meurtres en série, guerres civiles, tremblements de terre, inondations, bref l'éventail des désastres habituels. Mais vous, vous nous apportez un vent salutaire d'honnêteté, de conscience, de paix, de professionnalisme...

À la fin de l'entrevue, le bibliothécaire prononça ces simples mots en serrant la main à Tila :

– Bienvenue à notre bibliothèque, Monsieur Tila.

Tila, après avoir remercié chaleureusement son nouveau patron, échangea quelques mots avec les autres personnes de cette institution. C'étaient plutôt des phrases conventionnelles. Mais en quelques secondes, il comprit qu'il arrivait au sommet d'une situation sociale et pensa à son père, qui l'avait toujours encouragé à poursuivre des études supérieures. Il annonça la bonne nouvelle à son épouse, et ils rentrèrent chez eux tout joyeux.

Le lendemain matin, en regardant les rayons du soleil filtrer par les fentes des persiennes, Tila se demanda d'où pouvait venir la curieuse sensation qu'il éprouvait. Il avait changé parce qu'il ne pensait plus aux terribles problèmes de la recherche d'emploi à son niveau. En s'examinant dans le miroir de la salle de bains, il constata que, oui, son aspect même avait changé ; les cernes de ses yeux s'étaient évanouis. Il avait bonne mine et éprouvait un élan de joie.

Il se rendit de bonne heure à une banque alimentaire, son travail ne débutant que dans l'après-midi. Quand il revint à l'appartement, chargé de gros sacs de provisions, il trouva son épouse en train de battre une omelette.

– Je n'ai pas trouvé tout ce dont nous avions besoin, annonça-t-il en déposant son fardeau sur la table, mais ce qu'il y a là a de quoi t'impressionner, j'espère !

Il avait ramené des légumes de toutes sortes, des fruits frais, fraises, figues, pommes, poires, ainsi que d'appétissants melons mûrs à souhait et divers légumes verts.

– De bons produits américains, le félicita Yoyo.

– Bien sûr ! dit-il en riant. Tu seras éblouie. Et ça, demanda-t-il en montrant le bol dans lequel elle battait les œufs, qu'est-ce que c'est ?

– Le plat de résistance du déjeuner, une omelette aux fines herbes accompagnée d'une bonne salade. Cela te convient ?

– Je n'aurais pas pu rêver mieux. Puis-je t'aider ?

– Pas la peine, j'ai presque fini.

Pendant qu'elle terminait ses préparatifs, il rangea les provisions dans le réfrigérateur et les placards de la cuisine.

Après le déjeuner, il s'assit près de la fenêtre pour lire un roman en attendant l'heure de se rendre à son lieu de travail.

Il avait surmonté peur et obstacles. Il avait fait face à des difficultés sans nombre et avait su s'adapter. Yoyo avait un foyer, un mari et un enfant. Elle préparait souvent des tasses de thé et pour le dîner, des ragoûts de bœuf avec des tomates et des frites. Souvent quand il rentrait le soir, dans son salon à l'épaisse moquette, noire et brune, avec de subtiles nuances blanches, sa femme était là, assise sur son divan préféré, comme si elle savait à l'instant même qu'il arrivait. Ils formaient une famille, la terre était solide sous leurs pieds. Il avait à cœur de poursuivre la rédaction de son livre sur la violence. Il avait réussi dans beaucoup de domaines, et surtout dans le monde intellectuel. Elle le soutenait.

Et il aimait son travail à la bibliothèque. *Quand la détermination survient, elle renforce la voie de l'effort,* se disait-il. Très apprécié par la direction, son expérience et son dynamisme lui permirent dans les mois suivants de recommander quelques innovations, d'organiser pour les usagers de la bibliothèque des petites causeries et des groupes d'animation.

De plus en plus, il apparaissait dans des rencontres littéraires comme un intervenant indispensable. À présent, dans la bibliothèque, il allait proposer de nouvelles activités. Au lieu d'être simplement au service de prêt, il espérait en tout cas bientôt pouvoir faire des résumés de livres.

Table

Chapitre premier 7
Chapitre deux 26
Chapitre trois 43
Chapitre quatre 62
Chapitre cinq 86
Chapitre six 105
Chapitre sept 127
Chapitre huit 150
Chapitre neuf 169
Chapitre dix 187
Chapitre onze 200

Cet ouvrage, qui porte le numéro dix-sept
de la collection « Le beau mentir »,
est publié aux Éditions du Gref
à Toronto (Ontario), Canada.
Réalisé d'après les maquettes d'Alain Baudot,
il a été achevé d'imprimer
sur papier FSC (Forest Stewardship Council)
le vendredi vingt-huit octobre deux mille onze,
sur les presses de l'Imprimerie
Gauvin à Gatineau (Québec)
pour le compte des Éditions du Gref.